EL CORAZÓN DE LA
TIERRA

Juan Cobos Wilkins

El corazón de la
TIERRA

PLAZA [PJ] JANÉS

Primera edición: septiembre, 2001
Segunda edición: septiembre, 2001
Tercera edición: noviembre, 2001
Cuarta edición: marzo, 2007

Printed in Spain – Impreso en España

ISBN: 978-84-01-32903-6
Depósito legal: B. 5.520 - 2007

Fotocomposición: Lozano Faisano, S. L.

Impreso en A & M Gràfic, S. L.
Santa Perpètua de Mogoda (Barcelona)

Encuadernado en Imbedding, S. L.

L 329035

A
Juan Wilkins,
mi abuelo,
habitante del tiempo que late
en este
corazón de la tierra.

El horizonte histórico de estas páginas son hechos acaecidos durante el invierno de 1888 en la cuenca minera de Riotinto (Huelva). Cuando en aquellos legendarios yacimientos ondeaba la bandera británica.

I

PORTAE INFERI

Yo tenía una amiga, una amiga invisible.

Ésa era la frase. Katherine dejó suspendida en el aire su mano con la delicada pluma de plata y miró la página a medio escribir. Le gustaba aquella tinta, exclusiva de una pequeña papelería de Londres, iba allí, cruzando Kensington Gardens, sólo por adquirirla. En la cuartilla, su letra —esmerada caligrafía a la vieja usanza, herencia y enseñanza de su abuelo—, alargando los trazos azules, le parecía, renglón tras otro, el mar: olas viniendo desde el horizonte.

—Yo tenía una amiga, una amiga invisible.

Releyó lo escrito hasta ese instante.

Londres
22-XII-1954

Blanca (o Hada) Bosco
Riotinto —Huelva—
España

Mi tan querida amiga:

¡Hace demasiado tiempo que nada sé de usted! Me preocupa. ¿Cómo está? ¿Leyó la postal comunicándole la apertura de mi nueva tienda?, iban fotos de la fachada y del interior, estoy en una: comprobará —para su contento— que he puesto un par de kilos, ¿y qué le parece cómo llevo ahora el pelo? Le contaba también —mucho más importante que el peinado— que, con todas mis fuerzas, trato de seguir sus palabras: «Lo mejor que podemos hacer con los fantasmas personales es bordarles nuestras iniciales en sus sábanas.» De verdad, Hada, que lo intento. ¿No le llegan mis cartas? La última suya que tengo es de octubre, me decía en ella que se encontraba muy fatigada, con tos y dolores en los huesos que no la abandonaban tras una dura gripe que tampoco acababa de marcharse del todo... Le escribí enseguida, pero no tuve respuesta. Ni a ésa ni a las que le remití después. Espero que no sea nada, que se encuentre ya restablecida y muy pronto vuelva a recibir noticias.

Termina el año en el que, precisamente, las minas de Riotinto retornan a dominio español. ¡Cómo la recuerdo, amiga mía! ¡Cuánto me gustaría estar con usted! En el jardincillo o en su cocina, ese cálido lugar, como encantado, del que guardo memoria imborrable, y comentarlo y escuchar sus opiniones. Ahora mismo, en esta tarde londinense que para hacer honor a todos los tópicos es gris (como las orejas y el rabo de Shadow), difuminada en niebla, imagino que estoy de nuevo sentada en el sillón de ¿cómo me dijo que se llamaba?, ¿onea?, ¿anea?, bueno, ya sabe a cuál me refiero, frente a usted, que espolvorea canela, echa alhucema en la chimenea o, acunando al tiempo, se balancea en su mecedora. Parece que estuviera escuchando su voz... aquella frase con la que comenzó a contarme su —que es también mi, nuestra— historia: «En febrero de 1888 yo tenía once años y una amiga, una amiga invisible.»

Hasta ahí había llegado. Se levantó del escritorio, salió del círculo de luz ambarina de la pequeña lámpara, y se acercó al alto ventanal que daba a la calle. Las farolas deshilachaban los restos de niebla y unos niños con bufandas y gorros de lana multicolor tiraban de las manos de sus padres hacia el luminoso escaparate de juguetes. Los observó. Y como si quisiera alejar del camino de sus pensamientos alguno que, imprevisto, la asaltaba, sacudió el aire ante sus ojos. Encendió un cigarrillo, fue hasta el coqueto mueble art-déco que guardaba las bebidas y, sí, al fondo, en la última hilera, estaba la rugosa botella de aguardiente traída desde España. «Como homenaje, para alguna ocasión», se dijo al adquirirla, luego —ella bebía bourbon— la olvidó; pero quizás fuese éste el momento de abrirla. Se preparó una manguara tal como había aprendido de Blanca.

—Por el Hada —brindó alzando el vaso.

Y allí, de pie, mientras la prematura noche silenciaba Londres, rememoró su viaje —¿dos años atrás? no, más, dos años y medio ya, ¡cómo gira el maldito reloj!

Thy glass will show thee how thy beauties, wear,
a la tierra de la cicatriz roja.
thy dial how thy precious minutes waste...
A las minas de Riotinto.

¿Qué sabía de aquel lugar cuando inició ese casi peregrinaje? Durante un tiempo, su abuelo paterno, John Francis White, había sido médico de la Rio Tinto Company Limited, el consorcio británico que, en 1873, por 3.500.000 libras esterlinas —92.756.592 pesetas al cambio— compró al gobierno español los legendarios yacimientos de cobre, plata y oro del sur de España, y cuyos primeros vestigios de explotación se remontaban a unos tres mil años antes de Cristo. Cuando en vacaciones o algún fin de semana se quedaba en el antiguo y acogedor *cottage* del abuelo, antes de dormir, metida ya entre sábanas blancas que olían a lavanda, siempre pedía que le contase cosas de ese lugar remoto y fascinante, fuera del tiempo y del espacio. Aunque real.

—Sí que existe, mi abuelo ha estado allí. Y me ha prometido que cuando sea mayor me llevará. Es un sitio que tiene el suelo del color de un pudín de frambuesa, pero es muy, muy distinto, porque es sangre, sangre que se ha secado y, después de muchos siglos, se volvió piedra y esas tierras las cruza un río que también es rojo y, como un camaleón, va cambiando de color según los paisajes que atraviesa. En ese lugar que parece un trocito de otro planeta, ha vivido mi abuelo, y allí ha curado a mucha, pero muchísima gente —repetía, orgullosa, a sus boquiabiertas compañeras de colegio.

Y aquel anciano médico de porte nobilísimo, impecable siempre, enérgico aún en su senectud, no sabía —ni quería— negarse a ningún capricho de su nieta favorita y dejaba que Morfeo llegara entre sus palabras y las de otros que, siglos atrás, ya escribieron de las quiméricas minas. Después, en la adolescencia, en la juventud, incluso —ya más casual y esporádicamente— en la madurez, Katherine, imantada de aquellas narraciones nocturnas, había perseguido el rastro mítico de su historia.

Ahora, mientras paladeaba un sorbo de aguardiente (avivados con él los recuerdos, excitada por el despertar que aquel reconocible sabor, color, olor, traía a su memoria) y nublaba el aire ante su rostro con una pequeña nube de humo —un anillo flotante giró en torno al vaso como si estableciese con el cristal manchado de blanco una saturnal alianza—, sonrió al evocar sus fabulaciones, la mixtura extravagante de sus conocimientos sobre el suroeste de la península Ibérica: El palacio estigio sostenido por columnas de plata. Gerión dibujado por los etruscos junto a Hades; su perro Orthos, hermano de Cancerbero. *Dea Inferna*. La laguna Erebea cercana a la colina consagrada a una diosa de las tinieblas y, en las profundidades, subterráneo, su santuario: un poderoso templo mistérico. La entrada del Hades. Vates, historiadores griegos y romanos situaban y creían allí, en las sombrías tierras del confín, en las ardientes minas del sol muerto, su acceso. *Portae Inferi*. Las Puertas del Infierno. Riotinto. De sus ardientes entrañas arrancaron los metales con los que comerciaban las naves tartesas. Nombre que pervive, enraizado todavía: pueblo y minas de Tharsis, sierra de Tarse. Como el del sucesor de Domiciano y antecesor de Trajano, el emperador que alzó del destierro a Juan Evangelista, y que bautiza a una de las poblaciones mineras: Nerva. De sus profundidades provenía el oro que navegó hacia Oriente, desafiando al sol, confundiéndolo, retándolo. Barcos cargados de plata como un monte de peces a la luz de aquella luna de los primeros siglos. Naves abriendo con sus quillas las aguas hacia el cantado y llorado Templo de Salomón. Ahora, Katherine ya sabía que, al igual que el rastro de Tartesos, la fama del rey poeta también allí perdura: Huerto, Corta, Castillo de Salomón coronando las minas, Cerro de Salomón, carmesí como la lágrima de sangre del Cíclope. Y el puente sobre las aguas del río.

—¿Tinto? —interrogaba la niña, incrédula, a su abuelo—. ¿Cómo Tinto? ¡Qué nombre tan raro para un río! ¿Tinto? ¡Eso es imposible!

No lo era. Un río rojo. Bermellón y violáceo. Azafranado en sus orillas. Sin peces. Sin adelfas, sin juncos, sin brizna alguna cercana a su cauce, sin canto de aves junto a sus aguas. En el año de 1556, el clérigo Diego Delgado así lo describía al monarca Felipe II, su señor en la tierra: «...un murmullo sordo y un color dramático adquirido en los veneros de caparrosa donde se origina. Tiene allí todo su carácter histórico y maligno; es el Urium de los romanos, el Aceche de los baladíes, el tremendo río de las lágrimas, de cuyas linfas no se logra ningún género de pescados ni otros seres vivos, ni la gente la bebe, ni las alimañas, ni se sirven de ella los pueblos para cosa ninguna». El río Tinto, vena extraída limpiamente del cuerpo y que, abierta, sajada, deja correr su sangre por la superficie dolida de la tierra. Cuando le regalaron la caja de lápices de colores, Katherine dibujó a una niña que se bañaba en aquellas aguas y emergía con la piel encarnada como las patitas de las palomas. Uñas, cabello, incluso pestañas teñidas con la luz del lubricán. Asustada, se lavaba con el resplandor de la luna para recuperar de nuevo su blancura, se restregaba con sus pálidos rayos hasta enfebrecer pero sólo conseguía que cayesen, desprendidas del cuello, algunas gotas, escamas que en la orilla brillaban como rubíes maléficos, heridas fosforescentes en la oscuridad. También ella sintió miedo de su propio dibujo y partió la lámina y la arrojó al fuego.

—¿Y el suelo, esa tierra... cómo es?

Ya lo había visto con sus ojos: rota la superficie, impúdicamente puestas sus entrañas al descubierto, mostraba vetas azules, manchas violetas, tonalidades naranjas y grises, reflejos amarillos y negros.

—Igual que si un arco iris —le gustaba poetizar al viejo galeno, y a ella citarlo y recordarlo— hubiese sido expulsado del cielo, condenado a caer en la tierra. ¿Y sabes —añadía— que también de noche, a la luz de los astros, podemos contemplar el arco iris? Sí, pero entonces desaparecen los colores y únicamente lo vemos en blanco y negro. Así es aquella tierra.

Bajo los pies, una alfombra sombría de mineral: valles de escoria que fingen un ejército de guerreros muertos dentro de sus corazas, desangrados en sus lorigas azabache: montañas de esa sustancia vítrea, impura, desafiando en su altura a los mismos montes naturales: diez, quince, veinte millones de toneladas de ganga dejadas por la explotación romana. Enterramientos en ánfora, tumbas de pizarra, sigilatas decoradas, ungüentarios, las aras rituales, las esculturas en mármoles teñidos por el óxido, el jabalí de bronce, emblema de la IX Legión, procedente, según la forma de sus patas, de Asia, los hornos de cremaciones infantiles... Todo aquello que fascinó a la niña, a la adolescente, a la joven Katherine, surgido ya o pujando aún por aflorar como seta sagrada y venenosa. El puñal pretartésico de cobre que se hunde en el corazón de la Isla del Ocaso. Todo bajo aquella tierra crepuscular, violada.

Esto, pero también algo no tan remoto. Mucho más cercano no sólo en los días sino en lo imaginario y sentimental: nombres, historias, sugerencias del envolvente narrador que quedaron tatuadas en ese tiempo en que la piel absorbe sin saber que se está trazando sobre ella un mapa de obsesiones, un dibujo —sólo descifrable al final de la vida— que cala la epidermis, la traspasa y, ya indeleble, impregna la sustancia de los sueños. O, letal, emerge otra vez a la superficie, en el insomnio. Y especialmente, lo que creyó captar, insinuado, velado, lo que entrevió más allá de sus palabras. Como una sombra larga y turbadora. Eso fue, eso era lo que tras la ausencia de Richard, su esposo, llevó a Katherine a ir en busca...

—¿En busca de qué? —se preguntó repetidamente mientras su equipaje iba de un tren a la habitación de un hotel, de un desesperante autobús a otro hotel...

¿De qué?

II

EL CORAZÓN DE LA TIERRA

—¿Blanca?

La vio de espaldas, inclinada sobre un lilo, cortaba algunas ramas florecidas y cuidadosamente las iba depositando en una cesta de mimbre. Un aire perfumado, roto por el zumbido de algunas abejas, y el sol, dorado, agradablemente picante. Supo que era abril y que era ella.

—¿Blanca Bosco...?

Sorprendida por aquella voz de acento extranjero, desconocida, la mujer se volvió de inmediato y algunas lilas cayeron a sus pies.

—¿Quién es usted?

Katherine la observó mientras titubeaba y luego, con pasos que dejaban columbrar su avanzada edad, pero resueltos, decididos, se acercaba. Menuda, el pelo gris y blanco, setenta y tres, setenta y cinco años... Al detenerse, contempló sus ojos, penetrante la mirada, vivos a pesar de los signos del tiempo, con un fondo, más que de dulzura, de honda bondad, también de melancolía, pero no de tristeza. Y azulísimos. Le recordaron las luces últimas de la tarde despidiéndose en las superficies de las piscinas. Reparó en el hilo de plata que rodeaba su cuello y del que pendía, engastada también en plata, una pequeña gema, profunda, casi diríase que densamente roja, como maduro grano de granada. A su vez, la anciana examinó con curiosidad a la inesperada visitante: treinta y tantos, pelo cobrizo sin llegar a ser rubio, corto, no lacio del todo: de hermosas ondas, muy delgada, más alta que la media española. Vestía falda de hilo vainilla y un largo y amplio suéter de ochos en malva pálido. Al cuello, un etéreo fular de un tono más subido que el jersey y con alguna irisación verdosa. Colgada del hombro izquierdo, una bolsa de lona. Sus ojos no pudo verlos, los ocultaban gafas de sol. A pesar de la excesiva delgadez, una joven muy atractiva.

—Lamento haberla asustado.

—A mi edad, se asusta una de todo o de nada. Me ha llamado por mi nombre, lo conoce... pero aún no me dijo el suyo.

—Discúlpeme, soy una maleducada. Me llamo Katherine y, si es Blanca Bosco... entonces... quisiera hablar con usted.

—¿Hablar...? ¿Hablar de qué?

—Del pasado.

Katherine advirtió un instintivo movimiento de retracción tras sus palabras, como si, desconfiada, se parapetase. Luego, la anciana acercó las flores a su rostro, aspiró profundamente y dijo:

—El pasado es como el perfume de estas lilas... se lo lleva el viento.

—Pero su aroma permanece en el recuerdo. Perdura en nuestra memoria.

Blanca Bosco la miró con curiosidad: acababa de quitarse las gafas, sus ojos no eran, como había supuesto, del mismo color que los reflejos del pañuelo, sino grises con alguna centella miel.

—Y dígame, ¿de *qué pasado* pretende que hablemos y por qué precisamente conmigo?

—En 1888...

La anciana no la dejó seguir; bruscamente, con un gesto tan rotundo como su negativa, la interrumpió.

—No.

—Pero...

—No pierda su tiempo, señorita. 1888... ¡hace más de medio siglo!

—Sesenta y cuatro años.

—Exacto. ¿Quién se acuerda de nada? Además, hay gente mayor que yo en el pueblo, el padre del guarda de las casas, Regino, ya tiene cumplidos, y con largueza, los ochenta, pero la última vez que lo vi su cabeza le funcionaba aún perfectamente. Hable con él.

—Es con Blanca Bosco, con usted, con quien deseo conversar.

La anciana alzó las cejas, interrogándola, a la espera de una explicación. Katherine mordisqueó una de las patillas de sus gafas de sol.

—Porque es la hija de Lucía y de Maximiliano Mallofret —dijo.

Y notó perfectamente cómo un brillo encendía, al tiempo que licuaba, las pupilas de aquella mujer.

—Él no era mi padre.

—Lo sé, pero no hallaba la palabra precisa en su idioma.

—Pues lo habla perfectamente.

—Me enseñó mi abuelo y, después, lo he estudiado con gran interés.

—¿De dónde es?

—Inglesa.

—Eso no se me escapa —y con ironía que no pasó desapercibida a Katherine, añadió—: Por esta zona el acento nos es muy familiar. Pregunto si vive en el barrio inglés, en Bellavista.

—Sí, no... quiero decir que me alojo allí, sólo por unos días. Acabo de llegar de Londres, es donde vivo. He venido por... bueno, quería conocer esto... y me interesa mucho lo que sucedió aquí en esa fecha.

—Lamento no poder ayudarla. Seguramente encontrará a otras personas que con sus informaciones la compensarán de un viaje tan largo. Y ahora si me disculpa, no quisiera parecer grosera, pero tengo algunas cosas que hacer. Buenas tardes, señorita.

Le dio la espalda y avanzó unos pasos. De pronto, se detuvo, y como si se reprochase aquel brusco final y se exigiera alguna explicación, quieta pero sin volverse, dijo:

—No me gusta remover fantasmas. Y, compréndame, menos con una desconocida.

—Mi apellido es White. Soy nieta de John Francis White.

Ahora todas las lilas cayeron al suelo.

Era una cocina amplia, limpia. La habitación más grande, de hecho la única realmente espaciosa de la modesta vivienda. Daba al pequeño huerto-jardín, y la luz de la tarde de abril se abría paso por cualquier rendija, transparentaba los visillos blancos y parecía ser parte misma de aquella estancia, nacer y morir cada día en ella. Había algo allí confortador. Algo, en su serena y delicada sencillez, que predisponía a la confidencia y sosegaba el espíritu y lo apacentaba en su armonía. Katherine tuvo la sensación de haber entrado a uno de esos espacios, no físicos, en los que nada puede dañarnos. De algún árbol cercano llegó un gorjeo de pájaros.

—Jilgueros, una pareja. Han anidado en el pino alto, junto al pozo. Me encantan los pájaros.

—Nos alegran la vida.

—Yo se la debo.

Katherine la miró sin comprender. Pero la anciana ignoró aquel gesto, y mientras colocaba en el anafe un cacito con agua y sacaba del chinero la tetera y un par de antiguas tazas de porcelana —«el azucarero a juego se me resbaló de las manos»—, con un cómplice guiño de humor británico, preguntó:

—¿Con limón, con leche...? —y exagerando, cómica—: ¡Qué tragedia! ¡Se acabaron las pastas!

Katherine rió de buena gana.

—En alguna ocasión —prosiguió— se me ha ocurrido lo curioso que sería realizar la comparación entre la cantidad de té consumido en la zona, me refiero a los pueblos de esta cuenca minera, Riotinto, Nerva, El Campillo, Zalamea la Real, quizás también Campofrío (aunque éste menos, allí dicen: «Del alto para allá, ni arar ni casar»), los cuatro o cinco bajo influencia británica más directa, y el resto de la provincia onubense, estoy segura de que hay una enorme diferencia. Yo, lo confieso, lo bebo a cualquier hora, me pirra.

—Perdón, le qué...

—Me pirra, me gusta muchísimo. Legado evidente de tus antepasados.

Desde que el nombre de John Francis White fue pronunciado, y los pequeños pies de Blanca Bosco quedaron cubiertos por lilas y, sin volverse, aún de espaldas, dijo, repítalo —«White, soy nieta de John Francis White»— y con un gesto le indicó que la siguiera al interior de la casa y traspasó el umbral, había comenzado a tutearla, pero Katherine seguía tratándola de usted.

—Por favor, solo y sin azúcar.

La anciana tomó con delectación un sorbo.

—Ésta sí fue una buena herencia —susurró; luego, sostuvo con ambas manos su taza, cobijando el calor—: Y ahora, vamos —invitó mirando fijamente a Katherine—, cuéntame.

—¿Yo?

—Naturalmente.

—En mi vida no hay ninguna historia especial, nada extraordinario.

—Algo habrá... no debes menospreciarte. Lo que para uno carece de importancia o es rutina cotidiana que no merece la pena mencionar, para otro puede resultar un acontecimiento. Además, ¿quién no oculta?, ¿quién no guarda aunque sea una mentirijilla? Todos tenemos veladuras, celajes.

—Usted invierte los papeles, yo he venido a preguntarle, a escucharla... No sé qué podría decirle de mí.

—Hagamos un trato. Hoy contestas tú a mis preguntas, y mañana yo intentaré responder las tuyas. Y que conste que salgo perdiendo, no tengo interés más que en un par de cosas y tú... bueno, creo que será mejor que ponga a calentar agua para otra tetera, ¿no te parece? Londres y 1888 quedan tan lejos...

—Así que míster White relataba por las noches historias de sus años en el sur...

—Como *Las mil y una noches.* Me embelesaba aquella primera frase con la que solía comenzar: «Cuando yo era médico en los yacimientos de cobre de Riotinto, allí donde termina Europa...»

—Y entre fantasías e invenciones introducía, como personajes, a personas reales —resumió Blanca Bosco, sirviendo otra taza.

—Maximiliano, Lucía... y usted.

—¿Yo?

—Sí, una niña que aparecía siempre, la protagonista con la que me identificaba, y que tenía un nombre que me resultaba raro y maravilloso, Hada Bosco.

—Vaya —su voz sonó tan sorprendida como azorada—. Vaya... —repetía tratando de hallar unas palabras adecuadas para la ocasión pero sólo encontró un silencio metálicamente roto por el movimiento de su cucharilla en la taza—. Sí, vaya... siguió con su afición. Una hermosa afición, narrar historias.

—¿También a usted le contaba?

—Ya ves, hasta me cambió el nombre por el que a ti te extrañaba. Pero después, después, recuerda: ahora es mi turno.

Katherine entornó los ojos, parecía otear el horizonte de su infancia.

—Sus relatos —dijo— me gustaban más que cualquiera de las novelas de Dickens o de Verne.

—La realidad, amiga mía, no es nube, es carne: siempre más pasada, más hecha que la literatura, que, para serlo, debe estar en su punto. Esto —Blanca se burló de sí misma— no sé si atribuírselo a un escritor o a un cocinero. Perdona, continúa.

—¿Sabe qué era para mí lo más fascinante? El paisaje. Aquel —éste— paisaje fantasmal y absorbente que él me describía con veleidades poéticas. Ayer recorrí un poco la zona, quería ver, pisar lo imaginado tantas noches de mi infancia. El crep... crep... *sunset*, *twilight*, siempre se me resiste esa palabra en español, ¿cómo se dice cuando cae la tarde?

—Crepúsculo.

—Gracias. El crepúsculo me sorprendió junto a Corta Atalaya. El sol, redondo y granate, parecía entrar ¡caber! y hundirse en aquella abertura impresionante.

—«Como la sagrada forma en el cáliz», decía siempre un viejo amigo ateo... pero firme convencido de la existencia del diablo.

—Por sus escalones ¿bancos? circulaban vehículos que me parecieron de juguete, aunque al pasar después junto a uno comprobé que se trataba de camiones enormes, sólo sus ruedas eran ya mucho más altas que yo, y entonces, con ese punto de referencia, me percaté del verdadero tamaño de la explotación. Grandiosa.

—Ya puedes decir que compartes sensaciones con un monarca. Alfonso XII visitó las minas en... ay, Blanca, ¿qué año fue?, yo era chica, pero, fíjate, me acuerdo, además, lo he escuchado tantas veces... en 1882, sí, porque fue poco antes de tener paperas y ponerme como uno de esos sapos que hinchan el cuello al croar. Durante un par de días el rey recorrió los yacimientos y quedó tan asombrado que unas semanas más tarde llegaron también dos infantas atraídas por su crónica.

—No me extraña. Corta Atalaya es, es... ahora sí que no doy con las palabras.

—Un momento.

Blanca desapareció tras la cortina que separaba la habitación del resto de la casa.

—Lo encontré —dijo reapareciendo con un libro en la mano y hojeando sus páginas hasta atinar con la que buscaba—. Es la descripción que hace un poeta que nació y vivió hasta su juventud en las minas. A ver... —repasó rápidamente con el índice unos renglones—, aquí está. Escucha: Surge tan real, tan viva en mi pensamiento como si, adolescente, estuviese de nuevo allí, Corta Atalaya. La formidable mina a cielo abierto. Imponente. Amo esa forma de llamar a la tierra traspasada y desnuda: cielo abierto. Cierro los ojos y otra vez me asomo al filo de su vértigo: cráter inmenso —kilómetro y medio de diámetro y quinientos metros de profundidad— excavado por la mano del hombre para saciar su avaricia metálica de brillos. Estoy en el precipicio de la oquedad, inclinado a su vacío: imagino que un ángel, mi propio ángel de la guarda, enloquece y me empuja. Coloca su mano en mi espalda... No: sopla, tan sólo eso. Y su soplo me precipita, como un vilano, al vacío. Caigo. Caigo girando y me abismo en este bucle mineral. Corta Atalaya: gigantesco corazón arrancado a la tierra. Su hueco. Su orfandad. Cuando sobrecogido la contemplé por vez primera, creí que un meteorito ardiente, un cometa, una luna fuera de su órbita, se había precipitado furiosa contra la Tierra y el resultado era esta ausencia: la nada de su sombra estrellada aquí: Corta Atalaya. Ojo hueco de Polifemo. Seno de amazona vaciado. Vaciado y hundido hasta la luz oscura, hasta lo abisal. Escalera de caracol que desciende y desciende y desciende. Sima. Montaña surcada por vetas minerales en cascada de crueles colores y vuelta luego del revés como un guante lleno de cicatrices. Gran espiral de náusea. Titánico anfiteatro. Escenario natural perfecto para *La Divina Comedia* de Dante.

Cerró el libro y los párpados, ensimismó la voz, y concluyó de memoria:

—Círculos del Infierno. Corta Atalaya, el corazón de la tierra.

Katherine permaneció en silencio unos segundos, como si masticase, si lentamente digiriese lo que acababa de escuchar.

—Aunque hay alguna cosa que no comprendo, sí, sí... eso es lo que yo he sentido. Y qué cabeza —rebuscaba en su bolsa—, me había olvidado, traje una foto de mi abuelo. Aquí está. Tenga.

—No puede ser... este cabello escaso y plateado, el bastón, las lentes... ¿míster White? ¡Qué nos hace el tiempo! Pero soy boba, no tengo más que mirarme yo. Ven, por favor.

La siguió hasta una salita repleta de libros y recuerdos. Reparó en algunas piezas de cerámica, parecían sudamericanas.

—Ésa de ahí soy... era yo.

En lugar destacado, un cuadro mostraba a Blanca Bosco, cuarenta y cinco, cincuenta años atrás. Recogía en la nuca sus cabellos negros y el contraste con los ojos de un turquesa casi violento era sorprendente. Y cautivador. El elegante cuello firme sobre hombros cubiertos por un chal corinto, brazos desnudos y los —levemente entreabiertos— labios esbozando, sin llegar a dibujarla del todo, una sonrisa. Su traje tornasolaba del azulado al violáceo. Como fondo, el autor había dejado una imagen insólita, los gigantescos bancos de la mina semejaban pliegues encalados: Corta Atalaya bajo la nieve.

A Katherine se le impusieron con fuerza —y por sí mismas— dos palabras que no hubiese dudado en usar de título: Armonía y Enigma.

—Espléndido. Y usted... ¡usted está maravillosa!

—Es el decorado. Y Vázquez Díaz, que es un gran pintor. Yo jamás tuve un vestido así. Pero él me imaginó de esa forma, ya sabes cómo son los artistas. A las mujeres debiera retratarnos siempre un amigo y, si es posible, como en este caso, paisano: nos ocultan las cicatrices. Aunque, en verdad, ahí radica el riesgo: velan lo obvio y... digamos *lo otro* aflora.

Katherine, sin alcanzar del todo la intención de la frase, asintió.

—Esos trazos fuertes, casi minerales, el contraste de tonos y, sin embargo, su equilibrio, su misterio... Pero ¿la mina nevada?

—Ah, sí, no es inventada como el traje. Fue todo un espectáculo. Inolvidable.

—Parece un sueño.

—Pues no vayamos a quedarnos dormidas en el tiempo como la princesa del cuento. Eso es muy peligroso. Anda, vamos.

La anciana contempló unos segundos la pintura, meneó la cabeza, y cuidadosamente cerró la puerta tras de sí.

—¿Ves lo que te decía? —suspiró, de nuevo en la cocina y escudriñando la foto de míster White—. El peligro. Y qué rematadamente tonta estás, Blanca. En mí permanecía tal cual: detenida su imagen en aquellos recuerdos de niña. Yo, con once, doce años, y él joven pero ya maduro, tu abuelo tendría por entonces… poco más de treinta.

—¿Lo encontraba guapo?

—Más que guapo, con porte, con distinción, lo que ustedes denominan un auténtico *gentleman*.

—Cuando murió, octogenario, aún conservaba ese aire de dignidad y una elegancia natural.

—¿Y tu abuela, su mujer, vive?

—No, yo no llegué a conocerla; se llamaba Katherine, me pusieron su nombre como homenaje y recuerdo, era norteamericana, aunque se educó en Inglaterra. Allí la encontró el abuelo muy poco después de su regreso a Londres procedente de Riotinto, y digo la encontró porque según su romántica versión vagaba perdida por el Soho cuando apareció él, caballero andante, y la rescató. A las tres semanas se casaron. Fue un pequeño escándalo en ambas familias, pero… Poco antes de nacer yo, había embarcado rumbo a Nueva York, sus padres cumplían las bodas de oro o de platino o de algún metal, nunca he sabido bien cómo va eso, hacía años que no se veían y, con tal motivo, querían reunir a toda la familia. Mi abuelo, que nunca se llevó bien con sus suegros, argumentó para librarse que aquello era un acontecimiento estrictamente familiar, y su esposa, conocedora y sufridora de antiguas desavenencias y tiranteces, no insistió. Pero sí fue a despedirla a Southampton y... ¡Oh! *What the hell was that?*

Un fuerte estruendo acompañado de un temblor bajo sus pies, la hizo saltar de su silla y volcar el azucarero: una diminuta Vía Láctea se extendió de repente sobre la mesa.

—*My God!*

La anciana hacía esfuerzos por contener la risa.

—¿Qué fue?

—Sígueme —la tomó un momento de la mano, Katherine sintió el contraste, tan grato, de aquella presión cálida sobre sus dedos fríos.

Salieron al emparrado que servía de fresco porche vegetal a la casa. Más allá de un monte yermo, herido de profundos surcos labrados por la lluvia —estrías que eran como vivas descanaduras—, comenzaba lentamente a subir al cielo una gran nube espesa, como una espectacular columna barroca de polvo rojizo y humo.

—Un barreno.

Si al rostro de Katherine se hubiese acercado papel o lienzo, se habría impreso una interrogación.

—¿En sus historias nunca hubo barrenos? Es una explosión, una voladura con dinamita en el interior de la mina para abrirse camino o acceder a alguna veta de mineral. Son frecuentes, ya te acostumbrarás. Lo que me extraña es que no suelen ser a esta hora. Y tampoco he escuchado la sirena. Un poco antes siempre silba avisando, hay casas muy próximas y no está de más tomar ciertas precauciones. No te alarmes, nada grave, sujetar algún adorno o tapar la olla para evitar comer las lentejas con caliches del techo. ¿Tú la has oído?, ni yo. Qué raro.

Aquella humareda elevándose inflamada tras la cima, la llevó a pensar en sacrificios rituales. En este caso, realizados por una raza de titanes a un dios desconocido. Y ese monte... desde que, camino a la casa, lo vio por vez primera surgiendo único y árido como gran mole antediluviana, dinosaurio fosilizado y cubierto, siglo a siglo, por los estratos de la historia, se sintió irremisiblemente atraída por esa sombra fraguada materia: tal si ajena a su voluntad, una fuerza la estuviese aguardando desde generaciones en el interior de aquel aislado y oscuro ser del tercer reino.

—Parece un volcán, ¿verdad? —musitó la anciana, intuyendo sus pensamientos—. El monte de las Tres Águilas. No me preguntes por qué, en mis setenta y cinco años de vida, nunca he visto a ninguna sobrevolándolo.

—Quedémonos aquí —Katherine se sentó en uno de los poyetes, bajo el emparrado. Rayado como un tigre, el sol se filtraba y olía a lilas, a celindas, a las glicinias que caían en cascada azulenca y malva por una de las viejas tapias de piedra. Aspiró hondo—. Vive usted entre flores.

—Quizás para compensar una antigua carencia; en la época que te interesa era imposible disfrutar de un simple geranio en una maceta. ¿Sabes que hasta 1933 no consiguieron en Bellavista tener un césped medianamente presentable? Fue todo un acontecimiento social que quedó registrado en los anales. Sí, me gustan, me dan vida, me acompañan las flores. No sólo los ingleses amáis los jardines. Por aquí, mucho antes de vosotros, pasaron los árabes y antes aún los romanos... Andalucía en lugar de cerrarse se ha abierto siempre de piernas y se ha acostado con todo el que llegaba, creían que nos conquistaban, no: los seducíamos. La vieja meretriz sabia... a pesar de los años, de los siglos, siempre lozana. Mira, aquel árbol da una de las frutas más extrañas y bellas de la tierra, la granada; a su lado, un caqui, una higuera, más allá, alcauciles... esas ramitas verdes son perejil: «¡Vamos a la huerta del tontoronjil, veremos al demonio comiendo perejil!», cantan, o por lo menos cantaban, las niñas al corro. Y bajo tierra tengo cebollas, patatas... con menos gracia para el espíritu aunque más nutritivas para el cuerpo. Pero dejemos esta conversación hortícola, antes del barreno me estabas contando que tu abuelo fue a despedir a su esposa a Southampton, donde embarcaría rumbo a Nueva York.

—Sí, y que él, como se llevaba tan mal con sus suegros, prefirió quedarse. Mi madre, Jacqueline, estaba embarazada de mí y el abuelo esperaba tener un nieto de su único hijo varón: el árbol genealógico, la línea masculina, el apellido... Pero no, fui yo, y además decidí conocer este mundo dos meses antes de lo previsto.

—Sietemesina.

—Se suponía que Katherine estaría de regreso para mediados de junio, que era cuando mi madre contaba el salir.

—¿Contaba el salir?

—¿No se dice así cumplir los nueve meses?

—Salir de cuentas.

—Ah... Mi abuela había comentado que confiaba en esa compañía naviera, la *White Star Line*, porque llevaba el apellido de su esposo, y eso le daba seguridad.

—¿Y...?

—La vida lanza en ocasiones una moneda que cae de canto: es cara y cruz a la vez. Nací la misma madrugada que el trasatlántico en el que viajaba se hundió. El *Titanic*.

—¿A qué te dedicas? ¿Estás casada? —preguntó Blanca Bosco cambiando radicalmente de tema y tono.

Katherine buscó un cigarrillo.

—Tengo una tienda de antigüedades.

Dos libélulas se perseguían en su amoroso ritual de volutas por el aire.

—¿Cómo los llaman?

—Les decimos toreros, pero tienen un nombre mucho más sugerente: caballitos del diablo.

—Me parece que por aquí no está muy bien visto que las mujeres fumen. ¿Le importa?

Jugueteó con el mechero entre los dedos, aún sin encenderlo.

—Estoy casada, sí.

Una llamita azul prendió las hebras.

—Quiero decir, lo estuve. Soy viuda. Tengo dos hijos, John y Helen, mellizos. Ya casi tienen la edad a la que me casé yo. Demasiado joven.

Expulsó una intensa bocanada blanquecina.

—Lamento haber despertado recuerdos dolorosos. No podía imaginar...

Y aplastó el cigarrillo bajo su pie.

—Es reciente. Preferiría no hablar de ello. —Katherine se levantó y se alisó la falda.

Como si sus águilas desplegaran las alas intentando rozar la casa, el monte alargaba, gótica, su sombra.

—Creo que ya va siendo hora de iniciar el regreso.

—Espera, siéntate. Estamos en el sur y en el oeste, las

tardes de abril son largas. El sol se demora en el horizonte y se toma su tiempo antes de desaparecer. La luz se nos da, pero sólo la merecemos apurándola.

—No quisiera que se me haga de noche en el camino. ¿A usted no le da miedo vivir aquí sola?

—Cuando regresé a Riotinto, a morir... no pongas esa cara, sí, hija, a morir. A qué si no. A mis años no hay que tenerle miedo a las palabras: vida, amor, soledad, muerte... pues cuando esa cosa extraña de la que había oído hablar pero en la que no creía, la llamada de la tierra, golpeó con sus nudillos en mi puerta y me dijo «vuelve, vuelve», y yo, igual que el animal que escucha la voz antigua de la especie y la sigue, sin pensármelo más, obedecí, a mi regreso, el pueblo había cambiado, porque aquí las casas, las calles, como si estuviesen vivas, se desplazan en función de la mina. De los intereses de los dueños y señores de la mina. Y por el temor de todos a quedarse sin trabajo. Preferible es, se piensa, enterrar el alma que el cuerpo. No, yo no lo critico, me hago cargo, lo comprendo, pero me produce una pena profunda, como si me fuesen arrancando trocitos hasta —tal ese vacío de Corta Atalaya— sacarme entero el corazón. Si hay que derribar un barrio porque bajo él las prospecciones anuncian un filón, la tierra abre su boca y lo succiona. Se levanta uno nuevo en otra parte, y santas pascuas. Eso es todo. La memoria va quedando sepultada, soterrada bajo escombros. En 1908, la Corta Sur se tragó el antiguo municipio. El primitivo enclave de Minas de Riotinto, engullido, sin más: casas, calles, el pueblo entero... el viejo león se hundió en una de esas trampas ocultas con ramaje. El banco, la plazoleta, la esquina en la que unos novios se besaron furtivamente por primera vez no la verán sus nietos, acaso ni sus hijos. Aquí los mayores no podemos reconocernos en lo que nos rodea: ¿dónde está aquel algarrobo que alfombraba el suelo con sus vainas oscuras?, ¿y el casino?, ¿y la fuente? Bajo tierra. Todo bajo tierra. Manda la tierra, impone. Se devora a sí misma. A cambio de los brillos ocultos, exige su tributo: desenraíza a los seres. Y señalando, agradeciendo, premiando, castigando, decidiendo, manejando los hilos hay una informe y lejana mano, una mano enguantada: La Compañía.

—¿Se refiere a la Rio Tinto Company?

—En Andalucía muchos pueblos tienen palacetes con escudos de armas, blasones nobiliarios que proclaman en piedra quién fue, y en numerosos casos sigue siendo, el señor de vidas y haciendas, hasta en eso éste es diferente, aquí no, sólo iniciales entrelazadas: R.T.C. La Compañía.

Blanca Bosco pareció reparar de pronto en algo momentáneamente olvidado y una ligera turbación agudizó el brillo desconfiado de sus ojos, pronunció las arrugas de su frente.

—Tú eres inglesa, no debería hablar de ciertas cosas.

—Comprendo sus recelos, pero de mí no tiene nada que temer. He visto que el barrio de Bellavista está separado del resto del pueblo por un muro, digamos que yo estoy aprendiendo a mirar al otro lado de los muros.

Blanca la tomó del brazo.

—Te acompaño un tramo. Si no es ninguna molestia... hasta la curva de los cipreses, bueno, hasta la verja. Así termino de contarte: cuando regresé, no tenía vivienda en el pueblo, las casas, como el suelo y subsuelo pertenecen a...

—¿La Compañía? —inquirió con retintín cómplice Katherine.

—*Yes!* —respondió la anciana.

—*Of course!* —añadió ella.

Y las dos rieron.

—Ni en La Mina, ni en el Alto de la Mesa, ni en El Valle —son barriadas, aclaró—. Imposible encontrar nada para mí. Las casas las asigna y las concede sólo y únicamente a sus obreros y familias. Pero estos huertecillos escapan a su control, éste es de unos parientes, lo abandonaron hace años, no lo querían. Me lo cedieron, yo tenía unos ahorros y reparé la casita, la arreglé, traje mis cosas y aquí estoy. Afortunadamente ahora no es como en el tiempo de las teleras y, aunque no es tierra de siembra, algo crece.

—Pero —insistió Katherine— ¿no le asusta estar tan apartada, sola?, ¿no le impone el paisaje, ese bosque de cipreses y abetos ahí frente a su casa, el monte de las Tres Águilas detrás...?

—Al contrario, son compaña, el viento entre las hojas, las nubes con su código de sombras sobre las laderas... miro y escucho, me hablan, de mis padres, de Maximiliano, también de tu abuelo. Llevan muchos años ahí, los reconozco y ellos saben quién soy. No necesitamos explicarnos. ¿Sola? No... quizás no le he perdido aún el temor, pero no es temor, la palabra es desasosiego, sí, todavía me desasosiega la puntual llegada de... lo llamo *el topo.*

—¿Qué es eso?

—El atardecer de los domingos. Y no creas que es ahora, de anciana, fue de siempre. Son momentos en los que parece que se nos infiltra un topo melancólico y ciego por las venas. Lo que quisimos ser, lo que no fuimos, lo que somos. Un terrorista, un agente doble que le hace al cuerpo el chantaje del alma y al alma el del cuerpo. Pero en el pueblo tengo amistades, alguna muy buena, y aquí, libros, en momentos difíciles fueron mi único consuelo. Mi gran pasión es leer, más de un plato he dejado de llevarme a la boca y a más de una prenda renuncié por los libros, pero no me importó. Nunca me arrepentí.

Blanca se detuvo, acarició la cadenita de su cuello —Katherine vio iluminarse su rostro con luz casi infantil— y, bajando la voz, añadió:

—No se lo cuentes a nadie: escribo; ahora, únicamente para mí. Mis garabatos. Pero en tiempos colaboré en revistas y periódicos. A veces, para que los tomasen en serio, para que se consideraran, firmaba los artículos con seudónimo. Masculino. Bajo él he publicado también alguna cosilla. Qué tiempos. Y no creas, que todavía, por lo menos en España, si tienes faldas... Vosotras, quiero decir las mujeres de tu país, fuisteis pioneras en la reivindicación de nuestros derechos. Aquí, tras la guerra, organizaron *Coser y Cantar*, no abras así la boca que te vas a tragar una mosca, es como le digo a la *Sección Femenina*, que tampoco merece la pena explicarte qué es. Yo he estudiado y, sobre todo, leído por mi cuenta, mucho, pero títulos no verás ninguno colgado en la pared. Quién podía entonces ¡y mujer! No, no... Aunque tuve una inmensa fortuna, alguien que me alentó y me ayudó y me instruyó: Nogales, José Nogales, un gran periodista de Huelva, director del diario *La Coalición Republicana*. Jugó su papel en el año de los tiros, ya te hablaré de él. No me siento sola, además está Daniel, el hijo de los que tienen el huerto al otro lado del Barranco de la Novia. Cuando vine a vivir aquí, no era más que un crío, un zagalillo asilvestrado que, entre asustadizo y curioso, rondaba mi casa. Me cayó simpático desde el primer día, pero cuando intentaba aproximarme, el condenado corría como las liebres. Me tomaba por una vieja chiflada y estrambótica, razón no le faltaba. Poco a poco me fui ganando su confianza, y hasta hoy.

Ya es todo un hombre, un mocetón bien fuerte y guapo, muy guapo, aunque afortunadamente él no lo sabe. Me visita con frecuencia, hace un rato estuvo para ver si necesitaba algo porque mañana se marcha en busca de gurumelos, los últimos, supongo, por la fecha en que estamos. Ay, perdona, es una seta muy apreciada en toda la zona. Cuando viene, charlamos, me cuenta ingenuamente cosas que a sus padres no se atreve, tiene una yegua, le silba: ¡Tinta! —le dio nombre su pelaje color del río— y llega trotando desde donde esté. Es un animal con muy buena planta, con majeza, no se separan en todo el día. Hombre y caballo. Yo le digo el Centauro. Al principio rezongó, no le sonaba nada bien aquello de «centauro». Hasta que me preguntó qué era, le expliqué, cuando lo supo, estuvo encantado.

—Me gusta, sí, soy un centauro.

Daniel me trae del pueblo cuanto preciso. Hemos llegado a un acuerdo: él me cultiva la tierra y repartimos a medias las ganancias. Así que sola no, tengo todo lo que necesito para vivir, que es bien poco. En un momento oportuno compré un campito en la sierra, entre Fuenteheridos y El Castaño, buena tierra, lo alquilé, con su renta, el resto de los ahorrillos y lo que da la huerta, me basta y me sobra, no envidio ni a la Collares.

—¿A quién?

—A una que manda mucho en este país y que tiene un apellido tan helado como el alma de su marido. Ya ves que no estoy sola, y aún cuento con Shadow. Otra vez pones esa cara, con los labios fruncidos y la ceja izquierda arqueada, sí, Shadow, en inglés. Hay dos palabras en tu idioma... no, yo no lo hablo, te lo habría comentado antes, sólo alguna cosilla suelta y puedo comprender y medio hilvanar una típica frase elemental, *what's the time?*, pero cuidado con tu vocabulario porque me sé algunos tacos. ¿Qué te estaba diciendo? Ya: que hay dos palabras en tu idioma que desde la primera vez que las oí, me fascinó su sonido. ¿Puedo pedirte una cosa?, ¿sí? Por favor, anda, pronúncialas tú, me gustaría tanto escucharlas con un buen acento.

—Sombra.

—*Shadow*.

—Ruiseñor.

—*Nightingale*.

—*Shadow. Nightingale*... Qué hermosas, cómo suenan... *Thank you!*

—Pero ¿quién es Shadow?

—¿No te lo he dicho todavía? Qué idiota. Mi perro. Shadow es mi perro. La mejor compañía. Inteligente, noble, valiente, cariñoso... y un golfo. Anoche desapareció y aún no ha vuelto, el celo, hija, es época de celo, y hay por ahí una perra, bastante feíta, la verdad, a mí no me agrada para él pero, claro, a saber los gustos caninos... total, que lo trae loco. De verdad, no te rías, me lo tiene majareta.

—No me acompañe más, por favor, ya es suficiente. Hasta mañana, Blanca. Y muchas gracias por todo.

—Estás, me has dicho, residiendo en Bellavista, ¿no?

—Sí.

—¿Y no vas a celebrar tu cumpleaños?

—¿Mi cumpleaños?

—Es pasado mañana, ¿cierto?

—¡Oh, *my*! ¡Pero cómo lo sabe! *Witch!* Es usted bruja.

Ahora era la anciana quien, traviesa, se divertía. Puso gesto y voz de circunstancias.

—A alguna sesión de espiritismo sí que he asistido, sí.

Y logró el efecto deseado.

—¿Sí?, yo siempre quise ir a alguna, pero en el último momento, al final, no me atreví.

—No pasa nada. Y si pasa... —hizo una reverencia—, se le saluda. Hasta 1936 vivió aquí una espiritista muy buena. Los *encuentros* se hacían en las cuevas del tío Potaje, antiguas galerías romanas que conservaban, no sé si todavía, vestigios del trabajo de los esclavos, y aun sus mismos restos: huesos, calaveras... a los niños nos daban pánico y, por supuesto, nos encantaba retarnos a ver quién era capaz de entrar en aquellos túneles siniestros y en los que, aseguraban, podían verse resplandecer los fuegos fatuos. No me había vuelto a acordar de eso hasta tu mención. La guerra arrancó de cuajo tantas cosas... Cuando los nacionales entraron, un 26 de agosto, le dieron a la médium aceite de ricino y le raparon el pelo. Desapareció. Hay quien asegura que antes hizo una última sesión, entró en trance y el espíritu que habló por su boca predijo que Riotinto conocería la carcoma de sus estructuras, las vería pudrirse, cambiarían los colores de la bandera de sus oficinas y, sin embargo, no sería siempre para mejor. Bellavista la habitarán gentes dispuestas a reproducir los esquemas que desde el otro lado censuraron. El pueblo, en manos de gobernantes próximos o lejanos pero ineptos, no sabrá de sí mismo y ha de volverse cada vez más apático y cerril. Incapaz, tras tantos años de viajar conducido, de tomar las riendas de su propio destino. Las entrañas que ofrecieron generosas y abiertas sus tesoros se cerrarán como una planta carnívora. Se ocultarán, contaminadas y contaminantes. Un vertedero. Y la mina, su esplendor, no será más que borrosa leyenda y paisaje turístico.

—¿Usted cree?

Blanca se encogió de hombros.

—Eso juran que profetizó la voz que brotaba de su garganta y no era la suya. Quién sabe... tú misma puedes comprobar cómo andan las cosas. Debió ser una visión con prismáticos o, mejor aún, con telescopio. Aquella espiritista no fue la única purgada y rapada. Otros corrieron peor suerte, la definitiva. «El paseo», las tapias del cementerio, los escoriales... y los ojos enrojecidos reflejando, convexo, el pelotón de fusilamiento a la luz confusa del amanecer. Qué horror todo eso, Katherine, qué miseria... Intolerancia, odios, venganzas, intereses... una aldea entera, El Membrillo Bajo, fue arrasada.

Blanca se detuvo y removió la tierra con la punta de su zapato, como si quisiera borrar o enterrar los recuerdos.

—Pero lo de tu cumpleaños no ha sido ninguna revelación del más allá. Es mucho más simple.

—Sigo sin comprender.

—¿No dijiste que tu nacimiento se produjo la madrugada del hundimiento del *Titanic*?

—Así fue.

—Bien, eso sucedió un 15 de abril, y estamos a 13, por tanto, pasado mañana. Y ocurrió en 1912, así que cumples...

—No me lo recuerde.

—Pero, criatura, si es una edad espléndida, ¡cuarenta años! Una cifra redonda, perfecta. Para iniciar la vida. Además, y no es por regalarte el oído, representas bastantes menos, la piel, el tipo, la ropa... Nadie supondría que tienes dos hijos crecidos. Ni por asomo. Aquí las viudas se encierran años en lutos, paño negro sobre paño negro, como cucarachas. A mi madre la señalaron con el dedo porque sólo lo vistió para el entierro de mi padre, dijo que la pena se lleva por dentro y que de las cuatro perras que le quedaban no iba a gastarse ni una en hábito de curiana. Pienso igual. No sé el tiempo transcurrido desde que murió tu marido ni me importa. Pero haces bien. Cuando te vi no te eché más de treinta y dos o treinta y tres. Yo casi podría ser tu abuela, déjame que te diga que eres preciosa.

—Pero son cuarenta...

—¿A que me enfado? Vamos, vamos, ¿nadie te explicó nunca que el corazón es el imitador más perfecto, más exacto, más canalla también, y semeja la edad de lo que quiere? Sí, tenemos la edad de lo que amamos. Enamórate, yo qué sé... de esas nubes, de los dioses del bosque... pero no, mejor de cualquier mortal. Y, enamorada, deja que las arrugas lleguen.

Instintivamente, y sorprendida ella misma por una espontaneidad que rara vez se permitía, Katherine se acercó a la anciana y la besó en la mejilla. Percibió en su piel muy fina el olor a unos suaves polvos con ligero perfume de rosas.

—Gracias.

—Y entonces, qué, ¿vas o no a celebrar tu cumpleaños? Porque, en fin, ya que tenemos conversación para rato, si estás dispuesta a renunciar a las comodidades del barrio inglés, pienso que quizás lo mejor es que... bueno, que podrías alojarte en mi casa. Ya la conoces, bastante más humilde y menos confortable, pero hay una habitación con una vista muy especial... da al monte de las Águilas. Si quieres, el tiempo que decidas quedarte, tuya es.

Cuando Katherine dobló la última curva del atajo que Blanca Bosco le indicó, aún pudo escuchar su voz llamando al perro.

—¡Shadow, Shadow...!

Otras sombras caían ya sobre aquel tan extraño lugar del mundo.

13-IV-1952
(Bellavista. Riotinto)

Ayer llegué a Riotinto. Mi carta de Londres, la llamada desde Madrid de un viejo amigo de mi padre, ingeniero ya jubilado pero de indudable prestigio y buen recuerdo aún en estas minas, me franquearon el alojamiento de la Casa Consejo, una elitista residencia. Está —estoy— en Bellavista, el barrio inglés. Alzado sobre escoriales romanos es un hermoso conjunto de viviendas —como las de Camberley o Aldershot, aunque en piedra en lugar de ladrillo— con aire victoriano, colonial, y rodeadas de cuidados jardines (incluso he podido descansar al borde de un pequeño estanque con nenúfares). En el sur de España resulta de lo más extraño. Insólito verdaderamente. Cancha de tenis, campo de criquet, piscina, club —con olor a papel amarillento, a libro antiguo, sala exclusivamente para hombres y en las blancas piezas de los aseos, grabadas en azul, las iniciales RTC— una capilla anglicana, en la línea de las kirk escocesas, su propio cementerio entre mimosas y tapias tomadas por las yedras —en él me impresionaron las pequeñas tumbas de los niños y, especialmente, la lápida esculpida con un reloj de arena cercenado por una guadaña y del que parecen nacer los conmovedores versos de una mujer a su joven y bello hermano muerto—. O, ya a un extremo del barrio, y secreto, oculto en un mágico círculo de coníferas plateadas, el monolito de romana piedra roja que rinde homenaje a los ingleses de Riotinto caídos en combate durante la Gran Guerra... Bellavista es un oasis separado —y protegido— del resto del pueblo (largas filas acuarteladas de elementales casas, todas iguales, con cierta apariencia de barracón; pregunté a la joven que me sirvió el desayuno, no tienen baño ni pueden realizar ampliación o mejora alguna, aunque la obra fuese costeada por los moradores, no se lo permite la RTC, dueña de todas y cada una de las viviendas) por un muro de piedra, sus dos entradas las vigilan sendas garitas con guardas. Y justo frente al muro, custodiando la zona vedada, se alza, fortificada, la casa-cuartel de la guardia civil. Sobre Bellavista cae y reina el silencio.

Riotinto aparece diseminado en distintas barriadas muy esparcidas: La Mina —el enclave más antiguo—, Alto de la Mesa —¡qué nombre!— El Valle... Caminé: la calle del Almacén —la vía principal—, y las cercanas —muy militares: General Franco, General Goded, Gómez Ulla...—, el Paseo del Chocolate, la Ranita —una plaza en pleno centro, sombreada por enormes eucaliptos, con fuente y figuras de cerámica de esos batracios verdes arrojando un chorrito de agua por su boca, de ellos bebían los chiquillos y trataban de cazar unos insectos que corrían velocísimos por la superficie («¿Usted no los ha visto nunca?, ¿nooo...?, se llaman zapateros», y como me sabían extranjera, repetían a voces y separando las sílabas: «¡za-pa-te-ros!» «Nosotros —me informó el que parecía llevar la voz cantante, un chaval con cara de pillo— venimos del Alto, esas casas de allá arriba que están detrás de los riscos. Somos cabilas rojas. Vamos a echar un partido con los del Valle, los cabilas enfermizas, hemos quedado en los eucaliptos, al lado del Vale, ¿quiere usted venir a animarnos?»), el edificio de la Dirección de minas y su patio central con palmeras, el del cine-teatro y, tras él, el alto paso —¡da vértigo cruzarlo!— sobre las vías del tren, el mercado, los depósitos y filtros de agua, la posada... La iglesia: de ella me queda la imagen de la patrona de los mineros, una joven virgen junto a una torre, seccionada su garganta de un tajo y la sangre espesa resbalando por el cuello blanco: santa Bárbara. La gente me observaba con curiosidad, pero, al devolverles la mirada, desviaban la suya. No parece frecuente que una extranjera pasee sola. Es más, tuve la sensación de que callejear aquí era una rareza. Los habitantes —y mucho menos las mujeres— de Bellavista no lo hacen (no, desde luego, extramuros). Todo el tiempo he pensado en mi abuelo: por aquí debió pasar, seguro, ¿es éste el mismo hospital en el que ejerció?, ¿y el tren del que me hablaba?, ¿y el río rojo, nacerá de la garganta degollada de la virgen patrona? ¿Adónde me has traído, John Francis White? ¿Y por qué no me avisaste de los barrenos?

Lo más espectacular: Corta Atalaya. Creí estar ante un tornado que hubiese taladrado furiosamente la tierra y, al tocarla, se hundiera y petrificara. Blanca me ha leído la sugerente descripción de un poeta. Me quedo con el recuerdo de esas palabras. Yo renuncio a trasladar al papel el abanico de sensaciones —algunas contradictorias y turbadoras— que me provocó. Esperaré a revelar mis fotos y a colocarlas junto a estas líneas. Pero, ay, ¿y el color?, ¿sus imposibles colores? El arco iris caído que manchaba la tierra. Si algún día el hombre llega a Marte o Urano aventuro que encontrará paisajes similares a éstos.

Y por fin he conocido a Blanca Bosco. No sé si es o no como la imaginé, quiero decir que, para mí, era —es, es— una niña, la protagonista de los relatos de mi infancia, y ahora me encuentro frente a una anciana. Tuve la sensación de estar hablando con la abuela de «mi» Hada. Me recibió educada pero distante, suspicaz, como a la defensiva. El nombre de John Francis White me abrió las puertas: de su confianza... y de su casa. Vive a las afueras, cerca de un monte llamado de las Tres Águilas, una masa mineral potente y devastada en la que nada crece, y que me atrae irracionalmente. Es el contrario de la Corta. Y su complementario. Sima y cima. La casita se encuentra camino del Zumajo, un embalse de agua entre pinos. Blanca es una mujer sumamente interesante, dura y tierna a la vez, emana seguridad, perspicacia, firmeza pero, al tiempo, todos sus movimientos, sus palabras, los pequeños detalles están desvelando una delicada sensibilidad. Al conocer su interés por la literatura le pregunté qué le atraía más de un escritor. «Su silencio», respondió sin dudarlo. Vive sola. Un perro al que llama —¡en inglés!— Shadow, un joven que la ayuda... pero sola (con el terrorista de la tarde del domingo). Y ahora, al escribir (anoche, la primera de mi llegada, estaba demasiado exhausta y excitada para coger el cuaderno), reparo en que, hábilmente, me ha sonsacado a mí, sin ella decir apenas nada. Es una mujer muy especial, me intriga. Blanca o Hada Bosco... *Nightingale*.

Me ha invitado a alojarme en su casa. Por la mañana, al despertar, lo decidiré.

13 de abril de 1952

Quién te iba a ti a decir, Blanca Bosco, que al cabo de los años retornaría a tu vida John Francis White —no melodramatices, que eres propensa y, de vieja, más: quien llegó fue su nieta—, aquel médico que ponía en tus manos pájaros y caramelos de anís (me aficioné a ellos, a los caramelos y a los pájaros) y en tus oídos cuentos de seres que sobrevolaban tus insomnios y te encendían la imaginación, hadas que aparecían y desaparecían, surgidas de una lejana y húmeda isla neblinosa llamada Albión.

De entre sus historias, una jamás la he olvidado:

El otoño, enamorado de un mascarón de proa en forma de bellísima esfinge con ojos de mercurio, equivocaba su rumbo y se precipitaba al mar. Atrapado en las profundidades, las aguas ya no eran azules o verdes, se tornaban de los colores propios de aquel octubre sumergido, y peces y sirenas sufrían las consecuencias: igual que los árboles sus hojas, perdían ellos y ellas las escamas.

—¡Con tantísima agua remojándonos a todas horas! —burbujeaban quejosos.

—¡Y desnudas! —se lamentaban ellas avergonzadas.

Y lo peor: los iba ganando una lenta tristeza que les impedía nadar. Se quedaban quietos en el fondo y se volvían piedras limosas. Raspas descamadas. Y ya los marineros, afónicas las sirenas, no escuchaban canto alguno que acompañara la soledad de sus noches en alta mar. Por contra, de la tierra habían desaparecido las hojas otoñales. Parques y bosques suspiraban añorando sus tonos. Nada estaba en su tiempo. Fue entonces cuando el hada que vivía allí donde los hombres visten cortas faldas de cuadros y ponen dulce el aire con el sonido de sus gaitas (esto me impresionaba tanto o más incluso que la aparición del hada, que, por muy hada que fuese, mi caballero encantado me aseguraba que no era ni la mitad de guapa que yo) decidió intervenir. Primero hizo que miles de mariposas salieran de las grutas profundas del Sol —volaban en nubes semejantes a soplos enviados por el astro mismo a la Tierra— y cubriesen plantas y árboles. Así, posadas en las ramas y abiertas sus hermosas alas amarillas de sol de mediodía o rojizas de luz crepuscular, parecería de nuevo octubre en los jardines. Luego, hundió su varita mágica en el mar, agitó un poco las aguas y las gotas tocadas se convirtieron de inmediato en escamas espejeantes para los peces y sirenas. Por ese mágico remolino ascendió succionado, libre hacia la superficie, el otoño: y como un gran sauce de fuegos artificiales cayó en todo su esplendor sobre la tierra. El tiempo estaba en su Tiempo. *The end.*

John Francis White. Aquel alto caballero inglés, del que, reconócelo de una vez, puñetera, y ponlo por escrito, ¿o te va a dar vergüenza todavía, a tus años?, ¿no le has dicho, muy segura, muy contundente, esta misma tarde a su nieta que no debemos temer a las palabras? Aplícate el cuento.

Además, vieja tonta, no son más que letras en esta página, así que, vamos, decídete, y escribe, escribe como si fuese una frase que, por mentirosa, por ocultadora, debes copiar cien veces en la pizarra, o que las niñas, descubierto tu secreto, canturrean a tu paso: «¡Blanca Bosco está enamorada de míster White, Blanca Bosco está enamorada de míster White!»

Estaba enamorada. Con ese amor sin nombre de las niñas que ya empiezan a dejar de serlo. Pero que nadie venga a decirme que eso no es amor. Aunque se desconozca, aunque se ignore el nombre. Lo es. ¡Y de qué forma! A esa edad todo es intenso y brilla, resplandece en su estreno como un domingo de Ramos. Mas también punzante, fino, es un carámbano. Y sin matices: blanco o negro, sí o no. Y todo excesivo: «O soy la princesa o me quiero morir.» La imposibilidad evidente y la más desbocada esperanza se trenzan igual que los cabellos. Y, alargados, se enredan, te enredan, y por ellos mueres: como Absalón. Celos, sin saber que lo son. Desgana o complacencia, ventura o infortunio, mohín o risa, el cielo convertido en una mañana de rabona, la noche larga como la tabla de multiplicar del nueve, y todo eso, sólo porque ha reparado en ti, te ha ignorado, te habló, no te habló, te ha sonreído. Es igual que a los veinte, sólo que más radical, más conmovedor. ¡Tonta!

(Cuando anoche cerré las tapas de este diario, jamás imaginé que hoy lo abriría con semejantes líneas.)

La nieta de mi imposible amor infantil se llama Katherine (naturalmente no le he contado nada de esto, ¡faltaría más!).

Tiene un poso de rebelde desencanto. Lo que un día lejano bauticé como «arcanabarí». Ella posee arcanabarí. Quizás guarda algún secreto... —ya está disparada tu imaginación, no tienes remedio—. Katherine quiere saber qué sucedió en febrero de 1888 (escribo esa fecha con la naturalidad de quien la ha vivido y, al pronto, reparo, y me enajena comprobar que me estoy refiriendo a otro siglo, ¡otro siglo!). La tantearé, la observaré, para ver hasta dónde puedo llegar, pero parece despierta, lista, cercana. Sí, me agrada. La sorpresa mayor ha sido comprobar que mi príncipe azul siguió narrando historias, que hizo con su nieta lo mismo que conmigo y —casi no puedo creerlo, el destino se venga: al fin mi revancha de amor no correspondido— ¡me convirtió en personaje de los cuentos! La muerte de su esposo es lo que ha empujado definitivamente a Katherine a emprender el viaje a un lugar mitificado en su infancia. Se arriesgó a venir sin saber si yo residía o no en Riotinto, es más: si estaba viva —¡lo estoy, lo estoy!—. «Así —me ha confesado— aumentaba la intriga, el placer de la aventura.» ¡Jóvenes...!

Me sorprendió al declarar que está aprendiendo a mirar al otro lado de los muros. La he invitado a quedarse aquí, en casa. No sé qué hará. Pero mañana muy temprano cortaré unas varas de alhelíes —¡huelen tan bien!— y las pondré en la mesita de noche de su dormitorio. Por si acaso. Ah, y unos caramelos de anís, aunque ella nunca sabrá por qué están ahí.

—Pues te equivocas —Blanca sacaba de la alacena una fuente de barro— no es una tarta lo que te voy a preparar. Estarás cansada de comerlas en Londres y seguramente mejores que las que yo pueda cocinar. No. Para celebrar tu cumpleaños voy a hacer torrijas, o mejor dicho, vamos, porque tú me ayudarás y así aprendes. Es un dulce típico de nuestra Semana Santa. Buenísimas. Necesitamos, a ver... pan, mejor si es asentado, vino, canela, huevos, aceite y, fundamental, miel, miel buena de romero y jara. La sartén grande, ¿dónde habré puesto la sartén grande? Me alegro —añadió deteniéndose un momento en su ajetreo— de que estés aquí.

En la larga mesa de madera —gastada, pulida, restallante de friegas— se alineaban los preparativos como una dulce escuadra en formación.

—Hagamos de mujeres, de lo que los hombres necios creen que es de mujeres, cocinar y charlar. Ve cascando esos huevos, separa las yemas y me bates primero las claras, es un truquillo, así dan más de sí... estupendo. No sé por dónde empezar a contarte... sucedieron muchas cosas esos días y han pasado muchas otras después.

—Por favor, no se preocupe, yo quiero escucharla a usted, a su modo, a su estilo, como le vengan las palabras.

—¡Pero hace tanto tiempo que no hablo de aquello con nadie!

Se anudó un delantal.

—Febrero de 1888...

Y se limpió sus ya más que limpias manos en la tela de cuadritos.

—Nada menos que febrero de 1888... Yo entonces era una niña, aunque la memoria de esos días la tengo aquí y aquí, en la cabeza y en el corazón, y también aquí, en las tripas, grabada con un buril. Incandescente. Después, he sabido cosas, muchas por mi madre —de algunas no quiso hablarme hasta meses antes de su muerte—, otras por los protagonistas de los hechos, insistiendo, indagando, sondeando... Así he llegado a conocer, como si fuese una película que pasara ante mis ojos, lo sucedido. ¿Tú qué sabes?

—Apenas nada. Para mí, Riotinto era ese lugar exótico donde el abuelo había vivido unos años ejerciendo la medicina. El fascinante escenario de sus leyendas. Y en ellos, como le dije ayer, personajes inventados y reales, con una niña protagonista, usted. Un día, en mi adolescencia, se le escapó una fecha: 1888. Noté algo especial, fue un pálpito. Pregunté. Como Lucía, también él se negó a hablar del tema. Insistí, no quería. Perseveré con todos los recursos que posee una nieta mimada, y al fin conseguí que me dijera o más exactamente que me confesara, porque ésa es la palabra, que aquel año cambió su vida. Una semana —y algunos enfados y carantoñas— después logré saber que Hada se llamaba en verdad Blanca y era real. Como Lucía. Como Maximiliano, que en aquella fecha encabezó unos sucesos que merecían figurar en las páginas de la reciente historia de España, pero que nunca se han escrito, nunca impreso. «Esa hoja —masculló, sacudiendo su pipa— está en blanco. O mejor dicho, en negro.» Eso fue todo. Nada más. Pronunció aquella frase y se llevó el secreto a la tumba. Algo muy propio de su fabulador carácter. Y yo quedé atrapada por aquel misterio. Ahora pienso —casi estoy segura— que lo hizo adrede. Para despertar mi intriga, para, conociéndome, asegurarse de que yo haría todo lo posible por saber. Alguna pesquisa realicé, sí, pero lo averiguado no hizo sino aumentar mi curiosidad. Y heroica, románticamente, me propuse —como él había previsto y, creo, que deseado— viajar a Riotinto, descubrir qué sucedió, qué se ocultaba tras aquel trío de ochos. Me prometí que yo conocería a Blanca, charlaría con ella... Luego... pasaron los años, me casé, y aquel episodio fue cayendo en el olvido, uno más de los que el ardor de la juventud y los sueños encienden y después, cuando aceptamos lo que se nos impone como realidad, se apagan y acaban en ceniza. Pero tras la muerte de Richard necesitaba...

—Comprendo. Nada mejor que recuperar los viejos sueños olvidados, ¿no es cierto? Las ilusiones perdidas son verdades halladas. Pues mira, precisamente hoy, 14 de abril, aniversario de la proclamación de la República, no es mal día para eso.

—Yo... Aquí estoy —respiró profundamente—, en la casa del Hada, preparando con ella unas torrijas. Si me viera mi abuelo...

La anciana abrió el frasco de la canela.

—En febrero de 1888 yo tenía once años y una amiga, una amiga invisible —dijo.

Aquel perfume inundó la cocina.

Y Katherine presintió, supo, que había merecido la pena el viaje.

—... Invisible. La llamé Mar. Yo no había visto nunca el mar, pero sí oído hablar de él. Y lo que contaban los que en Huelva o Cádiz o incluso en lugares más alejados —que me parecían ya remotos— tuvieron la suerte de contemplarlo, eso de las mareas y las olas, esa inmensidad inabarcable de agua moviéndose y cambiando de color, todo aquello, me dejaba embobada. Le puse Mar. Pero —ahora me divierte recordarlo— tuve un gravísimo problema. Ella, mi amiga, era una chica, y mar era *el*, el mar, un nombre masculino. Que malajá —contrariedad, Katherine, mala suerte—, no me atrevía a cambiarle el sexo así como así. Aunque fuera sólo por un artículo. Le di vueltas y más vueltas. Hasta que me decidí a preguntarle al cura, don Viator, si era o no pecado bautizar a una chica con nombre de chico. Me respondió —tosiendo, tosía constantemente, con un palito, que yo diría que era el mismo siempre, asomando entre los labios como si fuese un diente largo pero húmedo y marrón, qué asco— que la Santa Madre Iglesia no lo permitía:

—¡Contra natura, contra natura!

Pero yo seguía en mis trece. A toda costa quería ponerle Mar. Está bien —me dije—, no la bautizaré; en su nombre, en su propio nombre, hay ya agua suficiente, ¿para qué necesita que le echen más por la cabeza? Y mi amiga invisible se llamó Mar. Lo increíble fue cuando, casualmente, después de mi hereje decisión, a una mujer de Isla Cristina que vendía sardinas embarricadas —ya, ni idea, están en salazón y para que se desprenda bien la carne, antes de comerlas, se envuelven en papel de estraza y se machacan un poco en el quicio de una puerta al cerrarla; una cosa curiosa, pero así es y se hace todavía— la oí decir «la mar». En femenino. Su padre había sido marinero, su esposo también, a los dos se los llevó un golpe de mar. «Al viejo me lo vomitó a los cuatro días, al marido no lo volví a ver.» No quería que sus hijos se embarcaran. Ni por todo el oro del mundo. Los prefería en la mina. Ya ves, bajo tierra en vez de sobre el agua. Decía que aquí el hombre tiene un suelo que pisar, que allá se hunde: «Jesucristo caminó sobre las aguas, pero los juanitos, los luises, los pepes... ésos se van a pique. Si el de arriba quisiera nos habría puesto agallas. Que no, que hasta para los muertos el lugar natural es la tierra.» Así me enteré de que las gentes de la costa decían la mar. Problema resuelto. Pero ahora viene lo mejor, ¿sabes, después de todo esto, qué ocurrió?, que cuando la llamé ¡Mar, Mar! no apareció. Pasé la noche llora que te llora y, a la mañana siguiente, mientras me peinaba, la vi reflejada en el espejo, seria, con cara de pocos amigos. «Yo no me llamo Mar», refunfuñó. No le gustaba el nombre que por mi cuenta y sin consultarla había elegido. Que, al escucharlo —me dijo—, se le llenaba la garganta de algas verdes.

—Y me ahogo.

No y no, quería llamarse Estrella. No hubo forma de convencerla, me amenazó con no acudir nunca más. ¿Qué iba a hacer? Cedí. Del mar al cielo. Estrella me contaba cosas extraordinarias, intuiciones… Me alegra que, si no me crees, al menos no te burles. Para mí era tan verdad como este pan que estoy mojando en vino con canela. Y si aún hoy me preguntas, no dudaré en responderte que Estrella existió. Tan real como la bandera británica que ondeaba en las oficinas o el tren que no circulaba ningún 19 de mayo.

—¿Y por qué no ese día?

—¡Parece mentira que sea yo quien tenga que recordártelo y no al revés! Paradojas de la vida, el 19 de mayo, mi querida súbdita de la corona británica, se celebraba el cumpleaños de vuestra soberana, Victoria, reina de Gran Bretaña y de Irlanda y emperatriz de la India.

—*We are not amused.* «No nos divertimos», fue célebre esa frase suya. Alejandrina Victoria, nueve hijos y el reinado más extenso de nuestra historia: Lord Melbourne, Gladstone, Disraeli... ¡y Dickens!

—Y Lewis Carroll. No olvides a mi adorada *Alicia.*

—¡Qué época!

—Y qué día el de su nacimiento. En este puntito de Andalucía, era fiesta. La reina Victoria… ¡casi nada! Si hasta el barrio que La Compañía ha construido para sus operarios en la capital de la provincia lleva su nombre: «Barrio Reina Victoria.» Aquí, se adornaban las calles con los colores del Reino Unido, había competiciones deportivas, se brindaba a la salud de su Graciosa Majestad… que, por cierto, para no divertirse, paría como una coneja. Aunque ya no tanto, esto ha sido una especie amorfa, híbrida, de velado Gibraltar. Peor, porque en la roca no hay medias tintas: saben bajo qué bandera viven, qué legislación los rige, y aquí nos quedamos colgando del garfio de la interrogación, todo es un sí pero no. Y hablando de cumpleaños, deja ya de batir las claras que estás haciendo una montaña de nieve.

—¿Añado ya las yemas?

—Espera que se bajen un poco. En los años que siguieron a la compra de las minas por el consorcio...

—Silverson and Company.

—Exacto. En esos años posteriores, la población, a la par que la misma extracción de cobre, se duplicó, se triplicó, se cuadruplicó... Al adquirirlas, en 1873, trabajaban menos de mil personas y en 1888 casi diez mil. Con los problemas que conlleva un crecimiento descontrolado. Se estaba creando un cuerpo musculoso pero deforme, en el que los distintos miembros no se reconocían: la uña no era del dedo pero de él y en él crecía, el dedo no de la mano ni la mano del brazo ni el brazo del tronco... así hasta llegar al alma. Pero el alma no puede, como el tejido humano, injertarse. Y el espejismo más verosímil, más logrado, es un alma sin atributos. No había dónde alojarse, las casas, insuficientes y reducidas, se realquilaban, se vivía y dormía hacinado, y además el número de hombres era, con mucho, superior al de mujeres. Ya te imaginas, bebida, pendencias, juego, promiscuidad... los prostíbulos estuvieron mucho tiempo cerca de la plaza de toros, que parecía la hermana pequeña de la famosa Maestranza de Sevilla, una preciosidad, vinieron a inaugurarla dos figuras de la época, el Morcilla y Cúchares. Fue una victoria en su célebre rivalidad con el Chiclanero. Alrededor del coso hervía un gentío bullanguero, tabernas donde corría el alcohol de patata, apuestas, brabuconerías, navajazos... y las putas. «Las contraminas» las llamaban.

—¡La Belli tiene un boquete de contramina que...!

—¿Uno?

—¡Dos!

—¿Dos?

—¡Tres! ¡Tres buenos bujeros de contramina!

Y allí estaban ellas, sentadas en sillas bajas, en las puertas, peinándose al sol, vocingleras, deslenguadas, provocativas, abiertas para recibir las monedas sucias de los mineros. Hubo una historia curiosa, más que curiosa, delirante. A cambio de los favores recibidos, un alfarero les regaló una figura femenina y voluptuosa, de barro cocido. Entre risas, la vistieron y le colocaron pelo natural, y entonces... ¡se produjo el milagro! Alguna creyó ver en ella a María Magdalena. Y ya —«¡sí, sí, sí!»— la vieron todas. Dicho y hecho. María Magdalena. Por unanimidad la nombraron —muy apropiadamente— su santa patrona. En la zona reservada (por respeto) de una de aquellas —según gustaba decir don Viator— «casas de lenocinio», levantaron un altarcito y allí, entre velas, fue colocada la que ya empezaba a ser conocida popularmente como «la Pecadora». Ante ella se arrodillaban y rezaban fervorosas las —sigo citando a don Viator— «mujeres de la vida». No paró ahí la cosa. Crearon la Cofradía de las Contraminas, fabricaron un pequeño paso y eligieron la primera noche de luna llena de la primavera para sacarla en procesión: a hombros de las Contraminas, vestidas de rojo chillón —su hábito reglamentario—, la Pecadora daba una vuelta a la plaza de toros y luego seguía hasta las orillas del Tinto, cuyas aguas, decían, eran la primera menstruación. No sé si de la santa o de la tierra. A esta estrambótica romería nocturna se fue uniendo cada vez más gente, putas venidas de toda la provincia, gentes de mal vivir y dudosa ralea, mirones y curiosos, una caterva alucinante que marchaba tras la sensual imagen. Hasta que poco a poco comenzó a correrse la voz de la milagrería de la Pecadora: era especialmente eficaz en la sanación de enfermedades venéreas. Se denominó «el milagro del roce y el rezo». No me preguntes exactamente cuál era el roce; el rezo, sí: el del «Yo, pecador». Ahí fue ya cuando el párroco se arremangó la sotana y se fue a ver al obispo. La guardia civil tomó cartas en el asunto. Pero más o menos subrepticiamente el culto y la irreverente procesión continuaron, para los iniciados, hasta la Guerra Civil. Como ves era aquél un barrio vivo. Muy vivo. Y espeso como la sangre. ¡Qué va!, aunque no te asuste, no puedes visitarlo: por 125.000 pesetas La Compañía compró la plaza de toros y, sin más preámbulos, la derribó. La excusa de acabar con «la fiesta salvaje» redujo también a escombros «¡la zona del pecado, la Sodoma de Riotinto!», en airadas palabras de púlpito. El lugar, como reclamaban los puritanos moralistas y las sotanas con caspa en los hombros, quedó igual que la ciudad bíblica: arrasado. Pero el inagotable yacimiento mineral se había convertido en un foco de atracción para trabajadores, y no sólo del entorno. En busca de empleo llegaban cientos, en oleadas, y desde todos los puntos de España y Portugal. Un río de gente que se volvían espectros al entrar en el valle del humo. Mi padre, Santiago Bosco, vino con sus cinco hermanos andando desde Galicia. Sí, sí, has escuchado bien: an-dan-do. Recorrieron el país de norte a sur, verticalmente, un pasito tras de otro. Los seis hermanos. Mi madre vivía aquí, nuestra familia trabajaba ya antes de la compra. Se conocieron por la Esquila. La Esquila es, ¿cómo te lo explicaría yo? A comienzos de otoño, en los primeros días del mes de octubre, cuando se celebra la festividad de la virgen del Rosario, patrona del pueblo, los hombres recorren las calles de Riotinto. Salen llegada la noche y se recogen con las luces del amanecer. Van de casa en casa y entonan canciones acompañándose de violines, guitarras... y de una campana pequeña: la esquila. Soy una pésima cantante, tengo un oído aquí y el otro en Pernambuco, pero si prometes no reírte tarareo la melodía.

Blanca afinó marcando el ritmo con unos golpecitos en la alcuza de hojalata.

—Es triste.

—No, melancólica; la melancolía es el lujo de la tristeza. Oída de madrugada, en el silencio de las noches de otoño, te coge un pellizco. La música, las voces, lejanas al comienzo, van poco a poco aproximándose a tu barrio, a tu calle, a tu casa. Hasta llamar en algún lugar de ti que hasta entonces tú desconocías. Y sucede algo dentro, algo que es muchas cosas y no tiene nombre, algo jodío y conmovedor. Te lo dice alguien que es bien poco dada a melindres. Los vecinos abren sus puertas y convidan. El frío se combate con aguardiente. Y mira... ¿por qué no?, tengo yo guardada una botellita para las ocasiones. Espera un momento. Ve destapando mientras los tarros de miel... Aquí está, lo destilan en Zalamea. Se le añade agua fresquita, la mejor, ésta, que es de manantial y, observa, el aguardiente se vuelve blanco, ¿no es precioso?, como si lentamente una nube se fuera apoderando del vaso, encelajándolo. Yo me lo pongo muy aguado, a mi edad... Aquí tienes tu manguara. Ay, Katherine, hija, tampoco voy a estar explicándote palabra por palabra. Tú bebe y ya está. Con tiento, que tiene sus buenos grados, no vayamos a cogerla. Un saborcito fuerte, pero al final gusta, ¿eh?, ¿a que sí? Y sirve para abrir el apetito. Con un traguito de esto se conocieron mis padres. Él se arrimó a la Esquila, por hacer amistades, no por creencias religiosas, y aquel año, al llegar su fecha, salió como uno más. Ignoraba que al tocar ante la casa de Lucía, estaba rondando a su destino.

—Cuando abriste la puerta y te vi allí, en el umbral, suelta la mata de pelo, tan brillantes los ojos, *díxeme, Santiago, non pode ser, carallo, si é a lúa, a lúa que está dentro da casa en non fora, en el cielo.*

Mi madre era realmente guapa, bella. Las pestañas largas y espesas, negros los ojos y el pelo. Yo creo que la elegancia natural está en los huesos y ella los tenía magníficos: sosteniendo con garbo el cuerpo y creando —pómulos, mentón...— un óvalo de carta perfecto. Desde el encuentro, él la llamó Lúa. Y yo, en determinadas ocasiones, también. Pero, excepto nosotros, su marido y su hija, no consentía que nadie más la nombrara así. Maximiliano, nunca. Ésa fue la forma íntima, privada, de ellos, sólo de ellos.

—Para los demás, Lucía, como lo quiso mi madre. Lúa es únicamente —y esta frase me impresionaba y, la verdad, entonces me ruborizaba— para el que primero entró en mi cuerpo y para la que salió de él. Nada más.

A ella le gustaba el idioma de mi padre, y ese acento alargado y dulzón como el cabello de ángel. Lo sabía imitar con mucha gracia: *«¡Cómo chove! ¡probes pitas, probes vacas...!»* Se conocieron, ya te digo, por la virgen del Rosario y por santa Bárbara fue la boda. A los once meses nací yo, y a los seis años se produjo el accidente. Hasta aquel día fueron felices. Con penuria, pero felices. Ella lo recordaba como un tiempo en el que, a pesar de estrecheces, le afloraba la risa. Estando embarazada de mí, una vez —una de tantas— que lo que había en los platos era bien escaso, mi padre le arrimó el suyo y le dijo: «Tienes que alimentarte, yo me como tu risa.» Siempre mantuvo vivo en mí su recuerdo, aun cuando entró en relaciones con Maximiliano Mallofret y fue su compañera y yo me acostumbré a la presencia de aquel hombre en nuestra casa, nunca, nunca, olvidé quién era mi verdadero padre, Santiago Bosco, el menor de los hermanos Bosco, *el gallego chico*.

—El padre más guapo —me repetía para fijar su imagen en mi blanda memoria de niña—, el gallego de los ojos como la flor que se llama nomeolvides. A ver, ¿de qué color?

—¡Azules! —respondía yo a pesar de no haber visto nunca la flor de nomeolvides.

—Como los tuyos, hija, iguales.

Blanca apuró su manguara.

—Ahora, cuando se caliente el aceite, vamos echando el pan bien empapado y rebozado en huevo.

Alzó el cristal y lo miró al trasluz, como si en los restos del líquido leyera algo. Dijo bajito:

—Me estaba enseñando mi padre a hacer un barquito de papel cuando le pregunté: ¿Y allí, en el fondo de la mina, sabes cuándo es de día o de noche?

—Sí.

—¿Y cómo?

—Porque, cuando afuera es noche, dentro todo cruje de forma diferente.

Luego dejó el vaso sobre la mesa y siguió con la yema del dedo las vetas que dibujaba la madera.

—Aquella primera semana de mayo fue inusualmente fría, parecía que el invierno se hubiese escapado de donde pase el resto del año y por unos días regresara para cubrir valle y minas de lluvias y nieblas. Todo como bajo un sauce sin hojas. Mi madre, despierta desde la hora en que su marido dejó la cama camino del tajo, creyó que el estruendo que retumbaba en el adobe de las paredes era una de tantas voladuras de la mina —acuérdate del barreno—. Pero no. En la corta de Filón Sur estaban desmochando terrenos, junto a los hombres faenaban numerosas barcaleadoras y niños. Mujeres y también niños, sí. A ellos los empleaban en diversas faenas, a veces, por su tamaño, los utilizaban para entrar en túneles angostos, por los que el cuerpo de un hombre no pasaba. Cuando era pequeña habría unos trescientos niños trabajando, pero antes fueron muchos más. Nosotras barcaleábamos; yo nunca lo hice, mi madre no lo consintió. Pero ella sí cargó barcales —unas espuertas para transportar el mineral, las llevaban sobre la cabeza—. Al total de mano de obra lo denominaban «fuerza de sangre empleada».

—Fuerza de sangre empleada —repitió Katherine como si quisiese memorizar la expresión.

—Con el cielo encapotado, el alba no acababa de romper y aquellas primeras horas corría un viento frío, rachas fuertes que aquí bajan de la sierra de Aracena y tiran las ganchetas y se llevan las ropas tendidas en los cordeles, es un viento que al cesar deja las ramitas caídas en el suelo apuntando, paralelas, al sur. Antes de iniciar la jornada, todos, mujeres, hombres, niños, acopiaban un poco de calor en torno a una fogata. Por allí andaba el gallego chico. Mi madre oyó la explosión y le pareció que había sonado a ras de tierra, en la misma superficie. Se acercó a mi cama y comprobó que yo seguía dormida. Unos minutos después, la noticia, como una culebra sin piel que zigzagueara las calles, estremeció al pueblo, lo sacó de debajo de las raídas mantas y una multitud llenó la Plaza de la Constitución, frente al Ayuntamiento. Sentimos —yo ya me había despertado— golpear con los nudillos, nerviosa, repetidamente, la puerta. Y tras ella, la voz de Saturnina, la costurera.

—¡Lucía, abre, Lucía! ¡Ay, Dios mío!

Descalza, refregándome los ojos todavía nublados por el sueño, seguí a mi madre agarrada a un pico de su vestido. Esa escena la entreveo confusamente, en algún lugar se me quedó agazapada y como una gata, en ocasiones —siempre por sorpresa— curva su lomo, lo eriza y salta hacia mí con sus afiladas uñas fuera. El resto se me borra, es el recuerdo de mi madre el que habla por mí. Fue un muchacho, un adolescente todavía, quien sin dar crédito a que él estuviese con alguna herida pero a salvo, le contó —entrecortado y palpándose continuamente como si necesitara comprobar y ratificar una y otra vez que su cuerpo seguía entero y él vivo— qué había sucedido.

—Un barrenador, Onésimo, se acercó a la candela, desde que volvió este frío la prendemos todas las mañanas para aliviar los sabañones, allí nos reunimos zafreros, saneadores, picadores... y las barcaleadoras y los niños, y el Onésimo se arrimó allí con nosotros, al corro, pero el hijoputa no soltó la cesta de la dinamita que traía, no la soltó, no la soltó... —se le llenaban los ojos de lágrimas y la voz parecía quemarle la garganta—. Santiago, tu marido, y otros se dieron cuenta y se lo advirtieron, que era muy peligroso estar a la vera del fuego con los cartuchos, que se fuera o que dejara la cesta bien retirada, pero él contestó que no. Venía bien cargado, le apestaba el aliento, y se puso gallito, entonces llegó un inglés, Palmer o algo así, y terció también, le ordenó que se marchara pero el barrenero, con la lengua gorda, estropajosa, le hizo frente, que no me sale de los cojones, tanto mandá y tanto mandá... si yo no me caliento, aquí no se calienta nadie, y esta candela la apago yo ahora mismo meándome en ella. Eso dijo. Pero cuando uno lleva encima unos vasos de más y se pone así, hay que saber darle carrete, por aquí, por allá, y el inglés no supo: se fue hacia él y le rempujó. La cesta con los cartuchos fue a parar a las llamas y…

—Mi madre tapó con su mano la boca del muchacho.

Blanca recogió las migas caídas y las sacudió en la puerta. Al instante, dos gorriones tiraban con el pico del mismo trocito de pan. Katherine observó el reflejo de la anciana en el cristal: miraba —sin verla— una gota de miel, un lunar ámbar en la yema de su dedo.

—Los ataúdes se alineaban en triple fila ante el altar mayor. Veintidós ataúdes. Sólo mucho tiempo después supe yo que el suelo quedó sembrado de cadáveres y miembros mutilados. Cuarenta y cuatro heridos además de los muertos. Brazos, piernas, dedos, cabezas con los ojos desorbitados o sin ellos, troncos humanos calcinados aparecieron diseminados en muchos metros a la redonda, salpicando esta tierra ávida siempre de más rojo. ¡Maldito color! Y maldita tierra. Es, es… —Blanca se restregó los labios con el dorso de la mano— es como el carmín corrido de una puta.

Hubo un silencio que a Katherine se le hizo terebrante.

—Al menos no tuvimos que velarlos en el cuarto las papas…

—Perdóneme, no entiendo, ¿qué era eso?

—Era y es. Está en el Alto de la Mesa. Aún puedes verlo, aunque no te lo aconsejo. Tres siniestros cuartuchos con tres losas sobre las que depositan a los mataos. Así llaman a las víctimas mortales de la mina: los mataos. Y los mataos van al cuarto las papas.

—*Christ!*

—Veintidós ataúdes, que se dice muy pronto. Veintidós de golpe. Entre ellos el de mi padre y el de su hermano, el tío Celso. En primera fila del presbiterio, los de los niños: cuatro; a continuación, los de las mujeres: siete, y por último —tuvieron que retirar los bancos para que cupiesen— los once de los hombres. Mi madre me dijo que en las pesadillas que poblaron durante muchas noches los pocos minutos de su sueño, aquella espeluznante formación de féretros se le aparecía igual que escarabajos quietos sobre un suelo blanquísimo y muy frío de mármol. Todo detenido, todo en silencio. De pronto, una ráfaga de viento los barría, se los llevaba consigo, y ella sentía cómo golpeaban violentamente, como negras lágrimas cristalizadas, contra su rostro. Una lluvia, una salpicadura de lutos que se estrellaba en sus mejillas, en la frente, en la boca... Entonces, empapada en sudor y escuchándose a sí misma gritar, despertaba.

Blanca apartó los visillos y miró a través de la ventana las hojas duras y ásperas, de un verde opaco, de la higuera. Ya apuntaban, incipientes, los botones cerrados de las brevas. Ése era su desayuno favorito en las mañanas del verano, brevas frescas, recién cogidas. Lechoso aún el tallo, las colocaba sobre sus mismas hojas en un cestillo y, despacio, saboreándolas, las comía en las primeras horas mientras el monte, frente a ella, iba emergiendo, desperezándose de su propia noche.

—Lúa y el gallego chico... —dijo como para sí, y, casi imperceptiblemente, recitó:

Mayo longo, mayo longo,
todo cuberto de rosas,
para algúns telas de morte,
para outros telas de bodas.

Cuando de nuevo se volvió hacia ella, nunca olvidaría Katherine la expresión contenida en la comisura de sus labios. Sólo y únicamente ahí, como si el resto permaneciese ajeno pero el pliegue final de su boca se rebelase. Una expresión imposible de definir, una mixtura de sentimientos encontrados y envueltos en una vaga, lejanísima luz de melancolía como la que invade a algunos cuadros ante los que nadie se detiene en los museos.

—La interminable comitiva de féretros avanzó en silencio por el tortuoso camino que entre escoriales conducía, a las afueras ya del pueblo, al cementerio. Bajo los pies, el mineral lavado por la lluvia caída durante la noche brillaba limpio como los zapatos, lustrados para la ocasión, de los hombres. No era costumbre que las mujeres acompañaran el cortejo fúnebre hasta el camposanto. Pero mi madre, con una bolsita de hilo pajizo en la que guardaba el ramillete que llevó el día de su boda, se colocó dos pasos detrás del ataúd y no se despegó hasta que, abierta la tierra y depositada en su fondo la caja, arrojó sobre la tapa aquellos pétalos vírgenes y secos, quebradizos, de un color ya indefinible. Polvo como el polvo que acabaría conteniendo aquel áspero rectángulo de madera. Las convenciones le importaban bien poco, nunca fue timorata, tampoco de esas mujeres temerosas y sometidas; su madre, soltera, desapareció dejándola en casa de sus abuelos el mismo día en que mi madre, asustada, manchó las sábanas y, como suelen decir, se hizo mujer. Nunca más supo de Blanca —como tú, yo también llevo el nombre de mi abuela; como la tuya, también la mía desapareció, aunque, ya ves, no a bordo de un trasatlántico de lujo—. Sin embargo, mi madre no guardaba un recuerdo amargo de la suya, y el ejemplo más válido es que al nacer yo, sin titubeos, me puso su nombre.

No tuvo jamás sitio para el rencor, ningún resentimiento destilaba hiel en su corazón.

—Hasta su partida —repetía— fue la mejor de las madres, me quería, yo sé que me quería. «¿Dónde está mi tesoro?, lo más precioso que me ha dado la vida», pregonaba alzándome en sus brazos, arriba, arriba, hasta tocar el cielo. O por lo menos el nido de golondrinas que había en el alero del corral. Si se ausentó —jamás dijo «me dejó» y mucho menos «me abandonó»— debió ser por algo que, aunque nunca sabré, y lo llevo como un clavo, la obligó a tomar esa decisión. También ella habrá sufrido. ¿Dónde andará?, ¿vivirá todavía? Por lo que fuera, tenía que ser así y ya está. La vida.

Ésas, Katherine, eran mi madre y la abuela que tampoco yo conocí. Pero me parece que me he perdido un poco... Ten cuidado, no te salpique alguna gota de aceite, está hirviendo.

—Me estaba contando que Lucía sí fue al cementerio.

—Eso es. Y que el cortejo avanzó en medio de un impresionante silencio. Pero cuando el alcalde de Riotinto, obedeciendo la *sugerencia* (es —y excúsame— una británica manera de decir orden) del director general de La Compañía, Mark Britten, desplazado desde Huelva por la magnitud de la tragedia, mandó que al cementerio sólo se permitiese la entrada de familiares directos, representación de la Rio Tinto Company y autoridades religiosas, militares y civiles, la multitud que como un reguero humano había acompañado a aquellos veintidós ataúdes, estalló en un grito unánime que, multiplicado en las gargantas, fue una sola, ronca, enfurecida voz:

—¡Mueran los ingleses!

Se cerró la cancela del cementerio y la gente quedó dividida a ambos lados de la tapia. El teniente de la guardia civil, Manuel Rincón, primo de mi madre, trataba de apaciguar los ánimos y observaba de reojo a unos y otros temiendo lo peor. A su vez, los números —guardias de a pie, sin graduación, ésos son «números»— a sus órdenes lo miraban a él.

—¡Mueran los ingleses!

La tensión fruncía las frentes, cortaba los rostros más que el fino viento que acababa de levantarse y que traía el olor acre a las floraciones de azufre del suelo.

—¡Mueran!

Los más exaltados se encaramaron a los hierros de la gran verja de entrada y al muro. Cuando la primera cabeza asomó tras la pared y enseguida otra y otra y otra más, y los gritos indignados se fundieron con llantos y con voces de curas, alcaldes, concejales... y ya algún guardia, peligrosamente nervioso, se balanceaba y rozaba su arma y al drama parecía que iba a añadírsele un epílogo fatal y la tapia semejaba una sábana fantasma taladrada de ojos, fue cuando mi madre se adelantó hasta donde el alcalde de Riotinto, atusándose el mostacho, fingía una autoridad ridícula, un mando que todos sabían que no era sino el pago por servicios prestados —¿alcalde?, ¡nada!, un cargo del que cesan en cuanto dejan de ser útiles, ¡si hasta el mismo edificio del Ayuntamiento es de La Compañía!— y con más conmiseración que desprecio, lo miró de arriba abajo sin dirigirle la palabra y cruzó frente a él. Al fondo, resonaban las paladas de tierra que el sepulturero arrojaba todavía sobre alguna fosa. Entre golpe y golpe, esos segundos, parecía respirarse alfileres. Después, con gesto y pasos tan seguros que no admitían impedimentos se dirigió a Mark Britten que, hierático, fumaba uno de sus famosos habanos. Y ante el estupor de todos, fijos sus ojos —más intensos que las ojeras que los circundaban— en los del altivo director general, parada frente a él, le dijo:

—Tengo una hija, se llama Blanca. Antes de dormir le da… le daba un beso a su padre y otro a mí. Me necesita y yo la necesito. Abra esa puerta.

Salió, cruzó sola entre la multitud que se apartó y le hizo un pasillo, y no giró ni una vez la cabeza. Cuando llegó a casa, se arrancó el traje negro y nunca volvió a ponérselo.

Desde el comedor sonaron las campanadas de un reloj. Aquel viejo pero puntual monóculo del tiempo colgaba en la pared junto a un cuadro de la mina antigua y fotos de otra época.

—Las seis —dijo Katherine.

—Las seis —repitió Blanca Bosco.

Y el silencio y la miel doraron las últimas rebanadas de pan.

—¿Puedo probar una? —preguntó Katherine entrando de nuevo en la cocina y preparada ya para el paseo que había propuesto su anfitriona.

Fuera, una abeja zumbaba intentando atravesar el cristal.

—Nooo... hay que esperar a que reposen y se asienten los sabores. No seas impaciente, si aguantas, si aguantamos, mañana para tu cumpleaños nos sabrán mejor. Escucha... ¿has oído eso? Sí, mujer, han sonado como unos golpes en el portón de atrás. ¡Ése es Shadow! Es listo como el hambre, cuando vuelve de sus correrías galantes siempre intenta colarse por la puerta falsa, disimulando, igual que un crío que trata de llegar al dormitorio sin que se enteren sus padres de la hora del regreso. Pero esta vez te he cogido. Y bien pillado. Atranqué el postigo. Verás, verás... ahora viene muy modosito, con las orejas gachas, refregándose en mis piernas, venga a hacerme carantoñas... y más delgado. ¡Y empercudido, sucio como un demonio! Dichoso perro, me tenía ya preocupada. ¡Shadow, Shadow...!

—Aquí no está —confirmó Katherine tras mirar detenidamente a un lado y a otro—. No hay nadie.

—Hubiese jurado que oí golpes, su forma de llamar con

la pata. En fin, ya aparecerá. Demos nuestro paseo antes de que sea más tarde. Este dolorcito no falla, me avisa puntualmente de que el tiempo va a cambiar. Es fecha de tormentas. ¿Sabes?, hay unos frailes de cartón con una capucha o una varita que suben y bajan según venga el tiempo, pero qué va, el mejor centinela del cielo es el reuma... O alguna cicatriz perdida por ahí. Anda —Blanca la tomó del brazo—, vamos.

—¿Adónde conduce este sendero?

Caminaban entre jaras florecidas, bajo pinos. Tras una curva cerrada, asomaron las ramas del bosquecillo de cipreses y abetos.

—Se bifurca y vuelve a bifurcarse, como la vida.

—Es curioso escuchar, tan lejos de mi casa y en el tiempo, eso.

Blanca la interrogó con la mirada.

—Sí, porque de niña me angustiaba no encontrar el camino al hogar de mis padres. Iba por un sendero y, como éste, se dividía; tomaba uno, caminaba. Caminaba hasta que se partía también en dos, yo elegía al azar, por intuición, pero al cabo de un momento tenía que volver a decidir y luego otra vez y otra y otra y otra... Pensaba entonces en lo tarde que era, en las luces que estarían ya encendidas en las ventanas de mi casa y, dentro, sentados a la mesa, cenando, mis padres. Podía imaginar sus siluetas, sus movimientos, a través de los cristales... y veía mi vaso con agua, pero mi servilleta sin desdoblar, y los cubiertos quietos a un lado y otro de mi plato vacío y la silla vacía. Mi sitio vacío.

—Aquí —Blanca le apretó cariñosamente el brazo— no nos perderemos. A la derecha conduce al Barranco de la Novia, ¿te conté el porqué del nombre? Tiene su historia: durante la fiesta de su boda, una muchacha —casi niña, dieciséis años cumplía esa misma mañana— abandonó inesperadamente la casa donde se celebraba y como sonámbula y vestida aún de novia salió a la calle, montó el caballo zaino de su flamante esposo, lo espoleó con brío y huyó al galope. La última visión de los sorprendidos invitados fue el velo flotando, ondulado, en el aire: sobre la negrura del animal, la estela de una blanquísima estrella fugaz alejándose. Y también lo que, tal un pequeño río de escarcha, marcó su rastro; aquella gasa nupcial enredada en unas sarmentosas raíces descubiertas en la pared del precipicio indicaba dónde hallarla: el caballo se había despeñado y ella yacía allí, al fondo del barranco, con el traje extendido como un copo de nieve deshaciéndose, y partida la columna vertebral. Desde entonces fue el Barranco de la Novia. Pero nosotras torceremos a la izquierda, hacia la vereda del Zumajo, el pantano construido por tus antepasados, bueno, construido por los míos y ordenada la obra por los tuyos.

Katherine sonrió.

—No desaprovecha una oportunidad.

—¿Molesta?, si es así, mejor no indagues más. Porque hallarás sorpresas poco gratas. «Riotinto —escribió en sus páginas *El Cronista*— es el feudo de una empresa más poderosa que el zar de las Rusias.»

—Supongo que algo bueno también habremos hecho.

—Claro, claro... Y lo mejor, fíjate, sí, lo mejor te incumbe directamente: el servicio médico. Lo digo sin dolerme prendas. No había en toda la provincia, y quizás en muchos lugares de Andalucía, otro igual. Con el paludismo se terminó desecando las aguas estancadas o tratándolas con aceite, y para los casos infecciosos de viruela levantaron un hospital en la islita del centro de un lago. Pero hasta las enfermedades son selectivas, porque las plagas que se cebaron en los riotinteños pasaban sobre la colonia de puntillas y con zancos de cristal. Tras un pormenorizado estudio, Bellavista se levantó en un lugar del valle resguardado por cerros y al que los vientos en rara ocasión se dirigían. El aislamiento, la calidad de vida, buenas viandas y agua pura salvaguardaban a sus moradores. Pero a ver, repasemos más logros: la educación; cuando un riotinteño va a la mili... antes de que me interrumpas: al servicio militar, a cumplir sus obligaciones con esta patria de bigotillos de betún, tristes y opresores. ¡Qué pena de país! Se me figura el mapa de España colgado como una prenda al viento, pero llena de zurcidos, de desgarrones, de manchas. De quemaduras.¡Cuánta rata! ¿Qué pasa?

—Pero si yo no he dicho nada...

Blanca soltó una carcajada: Perdona, es que cuando me lanzo... Y como estas cosas aquí no puedo decirlas delante de nadie, pues ahora me aprovecho. ¡Qué a gusto me he quedado!

—¿Qué ocurre cuando un joven va a esa milli?

—Mili, con ele. En Andalucía hay un porcentaje de analfabetos vergonzoso, pero cuando llega al cuartel un recluta de Riotinto no le preguntan si sabe leer y escribir, lo dan por hecho. Eso lo tenéis en el haber: hospitales, escuelas —desde luego con directores y profesores ingleses—, en sus aulas la Biblia resultaba enseñanza obligatoria y los pocos maestros españoles eran protestantes, así que, bien por sincera creencia, mimetismo o simple peloteo, en esta zona aumentó llamativamente el número de discípulos de Lutero. También se suman en el haber avances industriales y comerciales, una cuidadosa administración, empleo seguro, precios baratitos en el economato, que, cómo no, pertenece a La Compañía… Además de un horario muy poco andaluz: en las oficinas se para a las doce, almuerzo, retorno a la una y media y fin de la jornada a las cinco: el té en casa. ¿Dónde se ha visto eso por estos pagos? Y qué gran ahorro en relojes, no se necesitan: el pueblo se guía por los trenes que transportan a los obreros, por sus silbidos sabemos con puntualidad qué hora es. Ah, y os debemos un gran descubrimiento, Punta Umbría, la más hermosa playa del Atlántico, kilómetros de finísima arena dorada, allí están las casas de madera, por supuesto sólo para los miembros del *staff*. ¿Y algo más? Sí, incluso dichos populares se han quedado: «Sabe más que Briján», se comenta de alguien listo, y aunque hoy casi nadie se acuerda, el tal Briján no fue otro que —pronunciado a la andaluza— Brian, un inglés famoso por su viveza.

Blanca se detuvo en seco y se dio una palmadita en la frente.

—Pero ¡bueno! ¿Estoy lela o qué?, ¿cómo puedo olvidarme del fútbol? ¡Si fue aquí donde por primera vez se jugó al balompié en España! Un deporte, aseguraban entonces los viejos, sin futuro en este país. Ahora, cuando hay partido, hacen sonar machaconamente por los altavoces del campo la misma música una y otra vez durante horas. «Es que usted es vieja pero los ritmos norteamericanos animan mucho» —me contestaron cuando se me ocurrió indagar—. Preferí no aclararle al tipo que su animación yanqui es la *Marcha Radetzky*, de Strauss. En fin… todo eso y más que sin duda se te irá revelando solo nos trajisteis los súbditos de la aburrida paridora. Perdón, de su Graciosa Majestad.

Katherine exageró una protocolaria inclinación: *God save the Queen!*

—¡Cuánto tiempo sin escuchar esas palabras! Aunque

mejor que nos salve a nosotros. ¿Y qué obtuvisteis a cambio? A cambio, bueno, me callo, no, no me callo. Sí, me callo. Al volver el recodo aparece ya el Zumajo.

—Todo este paisaje tiene un aire encantado de cuento, pero...

—Pero con alguna ráfaga inquietante, sí. El Zumajo es el lugar elegido por los suicidas. Más de una vida se hunde en sus aguas quietas. Un compadre de Maximiliano, Frasco —en cierta ocasión me regaló una jaulita para grillos, hecha por él—, después de aquel cuatro de febrero, se arrojó. En la orilla encontraron su vara, tallada la empuñadura con la forma del monte de las Tres Águilas, y una botella de aguardiente vacía y sus zapatos nuevos.

Al escuchar «zapatos», instintivamente Katherine ojeó los suyos, no muy apropiados para los guijarros y piedras sueltas del camino.

—Blanca, ahí, mire, parece... sí, sangre. Es sangre. Y reciente, está fresca todavía.

Cuajarones rojos salpicaban la senda y se adentraban en la umbría del bosque. Alarmadas, siguieron el rastro que desaparecía tras unas rocas. Katherine, mucho más ágil, fue la primera en acercarse.

—*It's a dog! It's hurt!* ¡Un perro... malherido!

—¿Un perro? ¡Dios mío! ¿Shadow?

Al escuchar la voz de su ama, el animal logró levantar la cabeza y emitir un débil ladrido.

—¡Shadow! ¿Pero qué te ha pasado? ¡Ay, qué te han hecho!

—Una pelea con otros perros. Tiene mordiscos por todo el cuerpo. Se está desangrando, hay que impedirlo, rápido.

Katherine se despojó de su largo pañuelo de gasa, lo rajó

en varios trozos y vendó los cortes más sangrantes del animal.

—Tenemos que llevarlo a casa, limpiarle las heridas y curarlo. Tranquilo, tranquilo... Está muy débil, tirita.

Blanca intentó cogerlo en brazos.

—No puedo con él, no tengo fuerzas, y además el maldito reuma. ¡Para qué servimos los viejos!

Katherine observó que se le saltaban las lágrimas, y desvió la mirada.

—Yo lo llevaré.

Estaban frente a la chimenea que Blanca había prendido. La anciana jugueteaba, nerviosa, con el hilo plateado de su cuello. Katherine volvió a fijarse (no lo había hecho desde que llamó su atención aquella primera vez en el jardín). Era el mismo. De eso no albergaba ninguna duda, pero habría jurado que la piedrecita que colgaba era roja —¿se confundió?, no, no, estaba segura— intensamente roja. Ahora, sin embargo, lucía un irisado azul-celeste. Un tono que le recordaba vivamente al de su tinta favorita, como si ésta se hubiese solidificado.

—Aún no te he dado las gracias. Si no llegas a estar aquí...

—Por favor... ¿No hay veterinario en el pueblo?

—Viene un día a la semana, de Valverde, creo. Qué pena tu precioso pañuelo. ¿Y te has visto la camisa? No, ya es inútil, la sangre está seca. Cuando te cambies me la dejas en aquel cesto, a primera hora te la lavo. Afortunadamente ya no tengo que ir al lavadero. ¿Sabes cómo hacíamos antes la colada? Era un día entero el que se echaba. Qué trajín, qué brega. Todo comenzaba por ponerse en la cabeza, para protegerla, un rodete, sobre él se colocaba la panera, un receptáculo grande de madera, y dentro de la panera iba la ropa, el refregador… yo llevaba el cubo con las cenizas. Sí, cenizas, también se usaban, y aún se utilizan, para fregar los cubiertos. Déjalo, es demasiado extraño para ti. Cargadas con todo eso en equilibrio sobre la cabeza recorríamos casi un kilómetro, hasta el lavadero. A mí, de niña, me encantaba ir. Mi madre preparaba comida y era una jornada como de fiesta ¡tantas mujeres charlando sin parar, contando chismes y cosas picantes! O, de pronto, una se arrancaba a cantar y todas la seguían:

El minero que me quiera
lo tiene que demostrar
sembrando en la contramina
la rosa del mineral.

Recuerdo que entre las piedras en las que secábamos la ropa, vivía un lagarto enorme, el más grande que he visto en mi vida. Ya era famoso, llevaba allí años. Salía a tomar el sol igual que un patriarca, pero nos observaba descarado como un viejo verde. Un día, una muchacha —«¡el joío por culo bicho, míralo, que no me quita ojo de las piernas!»— le tiró una piedra y, en vez de huir, el lagarto le hizo frente, se fue hacia ella, bravío, libidinoso, con la boca abierta… ¡y cómo la perseguía dando vueltas por todo aquel lavadero! ¡La que se organizó! Mujeres alzándose las enaguas y exagerando sus chillidos, niños brincando, las paneras y los cubos volcados, una nube de cenizas voladas, la ropa esparcida… y ella, la acorralada, girando en torno a las pilas con la fiera corrupia —«¡que me coge, ay, que me coge, que me coge!»— pisándole los talones.

Blanca se acercó a la manta en la que reposaba Shadow, le susurró algo, lo acarició.

—¿Crees que...?

—Que se curará. Estos perros no son como los de ciudad, están acostumbrados al aire libre, a correr... Son fuertes. Si supera las próximas horas, saldrá adelante. Y sí, verá como sí, no se preocupe.

—Yo voy a quedarme en la mecedora. No puedo dejarlo solo toda la noche sabiendo que... Además, no sería capaz de conciliar el sueño. Aquí, con la chimenea, doy una cabezadita y ya está.

—Le haré compañía.

—No, por favor, ya has hecho más que suficiente. Te estoy muy agradecida.

—Insisto.

—Pero, criatura, ¿de qué sirve que pasemos mala noche las dos?

—Usted ayer me propuso un trato, ¿se acuerda? Hoy se lo propongo yo. ¿Qué mejor ocasión que esta noche para que comience a contarme lo sucedido aquel febrero de 1888? No puede negarse.

—Pero prométeme que en cuanto estés cansada te acuestas.

—Prometido.

—¿Por dónde quieres que empiece?

—Por Maximiliano Mallofret.

—De acuerdo.

La anciana ofreció un almohadón a Katherine y mullió el cojín de su espaldar. Luego, echó a las llamas un tronco y un puñadito de alhucema.

—Va a ser una larga noche —dijo.

El hogar se llenó de un humo perfumado. Katherine estiró las piernas y encendió un cigarrillo. Blanca Bosco dejó perderse su mirada en las pavesas.

—Mallofret, Maximiliano Mallofret... ¿Dónde había nacido? Nunca lo supimos, creo yo que ni él mismo estaba seguro. Si alguien le preguntaba, hacía un gesto vago y, como mucho, respondía: «Arriba, en el norte.» Eso era todo. Tampoco de su familia hablaba nunca, ni siquiera a mi madre, sólo en alguna ocasión mentó a un pariente suyo, un maestro retirado que imprimía y encuadernaba libros. Con él había trabajado un tiempo. A Riotinto llegó procedente de Cuba, la isla entonces era colonia española, de allí había sido expulsado por su relación con los movimientos independentistas y revolucionarios. Una vez escuché que le decía a mi madre:

—Así gira este podrido mundo, fui a una isla, no la imaginas, maravillosa, cuánto te gustaría. Cuba... quizás algún día, cuando cambien las cosas tú y yo podamos... ¿Y quiénes eran los dueños de aquella tierra?, ¿sus hijos? No, los españoles, sus invasores. Regreso, bueno, me regresan, vengo a Riotinto, ¿y qué encuentro?, ¿eh?, ¿qué encuentro?, que aquí son los españoles quienes no pintan nada. Ordenan y mandan los ingleses. La tierra debe ser madre, no madrastra.

Esa frase me la aprendí y, como una cotorra, sin entender verdaderamente su significado, cuando me parecía que venía a cuento, se la soltaba a los niños:

—La tierra debe ser madre, no madrastra.

Me escudriñaban entre la admiración y el qué dice esta loca. Pero eso me proporcionaba cierto prestigio. Maximiliano no sólo sabía leer y escribir, era hombre culto, ilustrado —durante un tiempo se carteó con Martí, José Martí, el escritor y héroe nacional de Cuba, mi madre conservó esas cartas que ahora guardo yo—, comenzó trabajando en los hornos de refino, luego pasó a ser comprobador y pesador y poco después era nombrado cronometrador de un nuevo alto horno. Hasta ahí, su carrera fue ascendente. Palmeado en la espalda por los jefes y envidiado por algún compañero. Pero él, clandestinamente, había iniciado ya la labor de captación hacia sus ideas... ¿anarquistas? Sí y no, anarquista a su estilo, a su modo. Con sus contradicciones. En el verano de 1887, lo sorprendieron repartiendo periódicos considerados revolucionarios y de inmediato lo despidieron. Avisado por míster James Terry, entonces director de las minas, el mismísimo gobernador civil de Huelva desplegó toda su parafernalia y, en carne mortal, viajó a Riotinto para hacerse cargo personalmente de la detención. Querían así intimidar a los posibles seguidores del, como le decían algunos, cubano. O, como ya lo conocían todos, el pelirrojo. El anarquista pelirrojo. De ese color tenía el pelo, sí, pero de un rojo oscuro, fuego. Llamaba mucho la atención porque, además, lo llevaba más largo de lo habitual. Yo descubrí un secreto, sí, sí, jugando, le retiré los cabellos que cubrían su nuca y, ahí, tenía tatuada una pequeña rosa de los vientos. Fíjate, a veces, se me desdibuja y otras lo veo con absoluta nitidez: enjuto pero fuerte, fibroso, bien firme la espalda. Y las manos, para ser hombre y trabajador, delicadas, de largos dedos finos con uñas perfectas, eso nunca lo he olvidado, las comparaba con las mías y yo acababa escondiéndolas bajo la mesa. Sin embargo, no consigo recordar sus ojos, cuando intento evocarlos y me esfuerzo, se me aparecen los azul nomeolvides de mi padre. Pero acaso lo más significativo no fuese el cabello o sus hermosas manos, lo que más impresionaba, lo que permanecía en una habitación cuando él ya se había ido, era la voz. Su timbre y su tono. ¿Cómo explicártelo? Una vez vi un cromo de esos que los niños se intercambian, era de un animal, «guepardo», ¿sabes cómo es?, yo, fue verlo y decirme: si hablara, tendría la voz de Maximiliano Mallofret. Una voz que encajaba en su compleja manera de ser: espontáneo, abierto, con todos charlaba y, de repente, casi huraño, poseído por grandes silencios, ensimismado. Había momentos en los que flotaba ajeno al mundo, absorto, tomado por las sombras. Pero luego salía del lugar donde quiera que estuviese, renacido. Tenía el genio vivo, incluso si una situación lo crispaba podía ser irascible. Le atormentaban cosas pequeñas, banalidades... y cuando se sentía tenso o deseaba concentrarse o tomar alguna decisión importante, marchaba a los pozos tartesos, ¿has oído hablar de ellos?, son yacimientos perdidos en el tiempo, estrechos, muy profundos, inundados por filtraciones subterráneas que los anegan: aguas de un rojo casi azabache parpadean en sus fondos como pupilas vigilantes del averno. Y a un tiro de piedra, se yerguen los menhires, diría yo que brotan, porque eso parecen, brotar de la tierra. Esas rocas pulidas me recuerdan huesos de remotas sepias gigantes o colmillos de quién sabe qué seres de las profundidades que lanzan sus dentelladas ciegas al aire, al mundo desconocido para ellos de la superficie.

—En una ocasión, mi abuelo me llevó al círculo de dólmenes de Stonehenge, en las llanuras de Salisbury, aquel santuario prehistórico removió en mí algo inexplicable...

—... Insano y violento y, sin embargo, armónico. Megalitos, conductores de un mensaje olvidado en los cielos. Los menhires cobijan lo más mistérico del hombre.

—Me asusta a veces, Blanca, parece que leyese usted mi pensamiento.

—Más sabe el diablo por viejo que por diablo. Pues a ese sitio, entre los lunares acuáticos de los pozos tartesos y los menhires, gustaba de ir el anarquista provisto de un florete y allí, contra el viento —un viento que, no sé de dónde, azota vehemente, constante, furiosamente esa zona—, practicaba el arte de la esgrima. En una ocasión retó a un inglés. Desconozco el motivo y si el duelo llegó a celebrarse. Pero siempre me gustó imaginarlo: noche de luna, dos caballeros batiéndose en tan extraño lugar sagrado. Maximiliano se entregaba a los demás sin reserva. A él, que conservaba un aura infantil, le emocionaban los ancianos, gustaba de darles conversación y escucharlos. Y era impulsivo, testarudo, obsesivo, orgulloso hasta un punto soberbio, pero también noble, insobornable, generoso, leal... y seductor como sus propias manos.

—Maximiliano Mallofret —le dijo una vez mi madre— eres un misterio.

Y así lo tengo en la memoria yo. O quizás lo he reinventado desde los recuerdos de ella. En cualquier caso, ése es el hombre que veo custodiado por guardias civiles y conducido a la cárcel de Valverde del Camino. Lo encerraron en una celda con ventanuco alto y enrejado. Estuvo preso meses. Completamente aislado. Y durante todo ese tiempo no permitieron ninguna visita pero —a menudo él lo refería— entre los barrotes, cada noche, se colaba un gato amarillo, rayado, al que bautizó como el Marqués, por sus aristocráticos movimientos. Con aquel visitante nocturno mantenía largas conversaciones en las que las palabras eran confirmadas o negadas con maullidos. ¿Te lo imaginas aleccionando en la celda al marqués de Micifuz? Soltándole un encendido mitin sobre la desaparición del Estado y de la propiedad privada. El pobre gato sentado en el camastro sobre sus patas traseras, muy quieto y atento, siguiendo con movimientos de cabeza la voz humana, embelesado, y el reo, gesticulante, hablándole de Bakunin o Proudhon. Maximiliano Mallofret era muy capaz de eso y te aseguro que el animal saldría convencido y dispuesto a compartir su raspa de sardina hasta con el perro de san Roque. No sólo poderosa, su capacidad de convicción era algo más, mágica. Si no, de qué se hubiera organizado el frente común contra los humos. Ni la huelga. Ni aquella impresionante manifestación. El cura lo tachó de anticristo porque en sus arengas a los mineros recurría en algunas ocasiones a palabras de Jesús —por eso y por otras cosas te decía que el suyo era un anarquismo según y cómo— y las llevaba a su terreno, las reinterpretaba y se valía de ellas para sus fines.

—¡Apartaos del demonio! ¡Alejaos de él! ¡Lo veo claramente, ese Maximiliano es el anticristo! —rugía desaforado el viejo y cegato cura y, rabioso, se arrancaba los mal cosidos botones de su sotana,

—¡Vade retro, Satanás!

y los arrojaba violentamente, como proyectiles, sin saber muy bien contra qué o quién,

—¡Vade retro!

Sobre todo, el día que yo llamo del contrasermón de la montaña. Fue poco antes de iniciarse la huelga, tuvimos que subir a los cerros porque la manta nos asfixiaba y Maximiliano desde la cumbre de las Tres Águilas, alto sobre aquellos peñascos, con su camisa blanca y el pelo como llamas al viento, se dirigió rotundo, apasionado, persuasivo como nunca, a la multitud, y concluyó diciendo:

—¿Bienaventurados los mansos porque ellos poseerán la tierra? ¡Bienaventurados los rebeldes, bienaventurados los luchadores, ganándola, conquistándola, tomando lo que les pertenece! ¿Bienaventurados los que padecen persecución por la justicia, porque suyo es el reino de los cielos? Pero, ¿y aquí abajo?, ¿y ahora? No esperemos tanto. No. Bienaventurados los que se rebelan contra la injusticia, bienaventurados quienes combaten por la libertad, bienaventurados quienes exigen sus derechos. Los que no agachan la cabeza, no se humillan. Y aquellos en cuyos corazones y conciencias vive la dignidad, sí, sean bienaventurados.

Blanca miró a Shadow. Tumbado sobre la manta, cerca de sus pies, respiraba profundamente y con dificultad. Volvió a acariciarlo, volvió a musitar palabras cariñosas junto a sus orejotas.

—Yo lo encuentro muy mal, Katherine. No quiero ni pensar que…

—No lo piense. Las heridas no sangran y descansa. Esté tranquila, saldrá de ésta, ya verá.

—Ay… —la anciana retomó el hilo de su narración—. En Valverde retrasaron el juicio cuanto pudieron, conscientes de que no lograrían condenarle pues los periódicos que repartía, impresos en Cádiz y Barcelona, contaban con la preceptiva autorización gubernativa. Así se demostró en la vista y quedó en libertad. Por supuesto que La Compañía no volvió a admitirle. La dirección disponía de dos libretas: la negra, donde apuntaba las bajas temporales, los castigados por asuntos menores, y la roja para los despedidos sin remisión, especialmente los implicados en política. El nombre de Maximiliano Mallofret figuraba ya, subrayado y con todo mérito, en la roja. Pero entonces sucedió algo conmovedor: numerosos mineros realizaban semanalmente una colecta y contribuían a mantenerlo con lo reunido de sus propios sueldos. Ésa fue la primera vez en mi vida que supe posible, que podía existir y de hecho existía, algo llamado solidaridad. Luego, la viví con motivo de las siguientes huelgas, porque la de 1888 fue sólo la inicial, la histórica de una larga serie que desgraciadamente no parece tener fin: la de 1913, en la que cientos de vagones parados durante un mes e inundados por la lluvia se pudrieron, corroídos al disolverse en el agua su carga de cobre. Parecían un ejército gangrenado, una fila de orugas procesionarias desmoronándose enferma su carne. Y el pozo Alicia, orgullo de la Rio Tinto Company Limited, magna construcción que unía treinta y seis pisos de la contramina de San Dionisio, fue pasto del fuego. Resplandores, llamaradas impresionantes que desde la sima de la tierra lanzaban sus lenguas en busca de un imposible cielo. Asfixiados, carbonizados, se hallaron los cadáveres de ingleses y españoles. Después, la huelga de 1917: una decena de muertos, el cuádruple de heridos, centenares de despidos. Y la de 1920. Ésta resultó terrible, comenzó en abril y fue igual que una preñez difícil, nueve largos meses de fatigas, un parto interminable, doloroso. Para doblegar, La Compañía, aunque cueste creerlo, negaba incluso el agua y había quien buscaba, como un perro, comida entre los restos y desperdicios dejados por los vigilantes, soldados del regimiento Soria. Y total, para conseguir un aumento salarial de 2 pesetas y 25 céntimos. Eran los años de mando de míster Brown, «el Huracán», «el Virrey», tenía cada iris de un color: verde acuoso, gatuno, el izquierdo, y marrón el derecho, ¿o al revés?, y dos soberbios caballos: grisáceo, con cola y crines blancas, Ghost; negro, pero negro como la lengua del envidioso, otro, no recuerdo el nombre. Según qué misión llevase o intención le moviera, elegía: el negro si se sentía jovial; el plateado de largas crines si... cuando cabalgaba Ghost podías esperar cualquier cosa. Lo que jamás olvidaba era su rifle winchester, lo exhibía, bien visible, en la montura, y al cinto, un revólver traído de México y, bajo la axila, aún ocultaba otra pistola, un arma emparentada con su apellido, una browning automática. Y siempre a mano, su Biblia, encuadernada en vieja plata repujada. Tras enviudar organizó una sonada montería. Y algo más. La última noche, aquel Virrey armado ordenó que en un claro del bosque, y formando circunferencia, colocasen los gamos y ciervos cazados. Parecían sus cornamentas, así en círculo, una gran corona de espinas. Y en el centro de esa alambrada de astas, cuatro mujeres —«hembras gitanas», decían ellos—, desnudas bajo los mantones bordados, bailaron hasta el amanecer. Fijos en sus cuerpos los ojos vidriosos de los hombres, fijos los ojos muertos de los animales. El Huracán bebía los vientos por las muchachas andaluzas. Sus amantes, que lo calificaban de muy experto y morbosamente lúbrico, fueron innumerables, para comunicarles que la relación había terminado les enviaba una muñeca de porcelana o un cascabel de oro. Cuando dimitió, Monk's House, la singular mansión de recreo que se hizo construir en un apartado paraje, apareció arrasada de azufre: porche, salones, escalinatas... todo cubierto. Y silencioso y solo. Únicamente los pavos reales, enajenados, abiertas las colas, paseaban su majestuoso soplo de vida por la estéril alfombra amarilla. Como un espejismo. Pero te ruego que prestes atención, lo que voy a contarte ahora es la tabla a la que me agarro todavía cuando me dicen «para qué, no merece la pena, nadie hace nada por nadie» o me vienen con aquello de que el hombre es un lobo para el hombre. Escucha, porque resulta no sólo emocionante, sobre todo y también, esperanzador: aquella huelga de 1920 acabó con los pocos recursos de la gente. Hasta tal punto la situación era difícil, insostenible a tal extremo, que alrededor de cinco mil niños a los que no había nada que dar de comer, fueron acogidos en casas de obreros sindicalistas. Emigrantes de cinco, seis, siete años abarrotaban trenes que de Riotinto, de Zalamea, de Nerva, partían, uno tras otro, hacia Huelva y luego, ¿quién sabe? A cualquier rincón del país. Pero allí donde, indefensos, medrosos, se apearon, los brazos abiertos de otros tantos miles de trabajadores los esperaban. Los cobijaban. Sí, Katherine, no siempre el hombre aúlla. Y además, qué diantres, si a mí los lobos me parecen muy nobles. Al término de la huelga, La Compañía, en un intento de borrar la repercusión negativa que el duro episodio de los niños emigrantes le estaba acarreando en todos los sectores del país, organizó en la cuenca los grupos de *boy-scouts*, ya famosos en Gran Bretaña. Así son las cosas. Pero continúo con el pelirrojo, tras la expulsión y la cárcel, tampoco le permitieron el acceso a ningún departamento minero, si lo encontraban dentro o rondando los alrededores, los guardas lo echaban de inmediato y sin contemplaciones. Los guardiñas estaban a las órdenes de La

Compañía, formaban su servicio propio de seguridad, unos particulares agentes policiales consentidos por los estamentos gubernamentales, que a todo lo que viniese de la omnipotente respondían con una sumisa inclinación de cabeza. Vestían largos y pesados abrigos azul oscuro con esclavina, gorras con las letras G.M. —guarda de las minas— y portaban revólveres y chuzos terminados en afilada punta de lanza. En tiempos de conflictos, también llevaban rifles. Eran muy temidos. En mala hora sorprendieron a un pobre empleado del economato robando garbanzos, lo condujeron a un cuarto, le hicieron quitarse las alpargatas y remangarse el pantalón hasta los muslos, volcaron en el suelo el saco de garbanzos y le obligaron a caminar de rodillas sobre ellos durante horas. Tenían órdenes de informar puntual y rigurosamente de todo cuanto sucediera, cualquier movimiento, por insignificante que pareciese, era anotado y trasladado a sus superiores. Yo he tenido ocasión de ver algunos de aquellos informes, meticulosos hasta volverse escalofriantes. Decían, por ejemplo: «Eugenio Sousa Fernández, panadero, viudo y vecino de Zalamea la Real, con domicilio en la calle San Vicente, n.º 3, ha regalado un perro, sin raza conocida, a José Rosas Villega, casado, con tres hijos, trabajador de Fundición en uno de los convertidores Bessemer, y domiciliado en la calle Trafalgar, n.º 17. Durante los cuatro primeros días, el animal, al que ha llamado Lucero, ha estado amarrado al lado izquierdo de la puerta de su vivienda, pero desde ayer, viernes, permanece atado en el derecho.» Saberlo todo, conocerlo todo. Nada escapaba al control de La Compañía. Maximiliano, tras salir de la cárcel, se dedicó a enseñar a leer y escribir a los mineros que por su edad se avergonzaban de acudir a la escuela. Un día que mi madre tuvo que ir a la aldea de Marigenta y yo no quería quedarme sola, consintió en llevarme con él.

—Pórtate bien. Y prométeme que no le contarás a tu madre que te he traído. Ni una palabra, ¿eh?

Nos dirigimos a una zona vedada para mí, hacia la plaza de toros, al barrio de las putas. A medida que nos adentrábamos en las calles prohibidas, decrecía el número de niños y aumentaba el de gatos: negros, blancos, blanquinegros, pardos, con manchas, listados... subidos en las tapias, brincando por tejados, tumbados en umbrales, corriendo a nuestro paso... gatos y más gatos. Ahora ya conocía el origen de los largos maullidos que envolvían algunas noches el pueblo y que a mí, cobijada bajo las sábanas, me producían escalofríos. (También, aunque esto lo deduje después, la procedencia de la «milagrosa provisión» en tiempos de hambruna.) En una de aquellas enigmáticas casas impartía sus clases Maximiliano. ¡Qué nervios, qué excitación, qué emocionante, yo, Blanca Bosco, iba a entrar allí! Pues no. Para mi frustración pasamos por la puerta falsa y, aunque agucé vista y oído, nada vi, nada escuché. ¡Con las cosas que se contaban... qué decepción! Nos quedamos al aire libre, en el patinillo trasero. Había media docena de hombres y —¡sorpresa grande!— dos contraminas. Como si las tuviera delante: pecosa, jovencita, andando a saltos, Loli, la Gañafota; majestuosa, apretada de carnes, la Cleopatra estaba mordisqueando algo. Yo, cohibida al principio, enseguida me solté. Fueron muy cariñosas conmigo.

—Mira, Cleo, qué ojos tiene.

—En menos que canta un gallo, vas a volver locos a los hombres. Anda, ven, siéntate con nosotras. ¿Quieres un pedacito de queso? Es de cabra.

Aquella mañana se comentaba que por Rosal, al norte de la provincia, límite ya con Portugal, habían matado a un muchacho al cruzar la frontera con contrabando. No era el primer caso. Y tras una encarnizada —y bastante infructuosa— lucha entre «b» y v», hablaron del suceso.

—Las fronteras —dijo Maximiliano— en vez de estar sembradas de alambres y espinos y, lo que es más grave, de cadáveres, tendrían que estar sembradas de trigo. De trigo para todos.

—¡Qué buen pico, joío! —le gritó la peculiar reina del Nilo—. ¡Viva la madre que te parió!

El anarquista continuaba difundiendo sus ideas en reuniones clandestinas o lugares públicos de los que no podían expulsarlo. La idea de una gran huelga general que implicase no sólo a Riotinto sino a todos los pueblos del entorno, que abarcara a la cuenca entera y que consiguiese unir en una sola y poderosa manifestación a agricultores y mineros, esa utopía, en aquel invierno de finales de 1887 y comienzos de 1888, parecía materializarse, ser tangible. Como una mancha de aceite que, imparable, comenzaba a extenderse. El motivo fundamental era terminar con la calcinación del mineral al aire libre, las teleras. Un sistema que en Inglaterra el propio Parlamento, consciente de su peligrosidad, había prohibido ya en 1864 pero que aquí, y veinticuatro años después, ellos mismos, los ingleses, mantenían en plena vigencia. En casa propia no, en la ajena sí. ¿Las teleras? Yo creo que es nombre oriundo, un localismo, sólo en esta zona lo he escuchado. Eran enormes piras de varios metros de altura. No, tres o cuatro no, no... muchos más: catorce, quince, diecisiete metros llegaban a alcanzar en su vértice. Semejantes a descomunales hormigueros. Formaban un bosque fantasmal de pirámides de fuego: el laberinto del infierno. Ardían lentamente durante meses, día y noche. En su interior, la combustión del mineral desprendía un denso humo de dióxido de azufre, una nube venenosa, mortífera a la larga, que llamábamos «la manta». La lepra del aire. Su necrosis. Cuando no soplaba viento, la manta, suspendida, permanecía flotando baja sobre el pueblo. Una niebla espesa y cenicienta envolvía las casas, y llegaba la oscuridad. Se hacía la noche sin serlo. Cerrábamos puertas y ventanas y huíamos a las cumbres de los cerros. Montes también yermos, talados sus árboles para mantener viva aquella combustión. El paisaje asolado y de aguas ácidas que tanto impresiona al forastero. Porque las piras humeantes, las teleras, exigían constantemente su ración, su alimento. Y los bosques cercanos iban cayendo bajo el ruido voraz de sierras y hachas, extinguiéndose paulatinamente para nutrir aquel insaciable rebaño devorador de fuego. Desde las cimas veíamos el hundimiento de una extraña luz, un sol azafranado que desaparecía en un mar abisal. Nubes sulfurosas iban tomando las calles, invadiendo el pueblo, difuminándolo hasta desaparecer. Si para las personas sus efectos resultaban fatales, en la agricultura los daños eran irremediables. Y en la ganadería. De algún pueblo vecino salió una coplilla que rápidamente se hizo popular:

Las vacas de Coronada
van tristes por el sendero.
Los humos las envenenan,
no pueden parir terneros.

También en las aguas, porque los vertidos al río llegaban al Atlántico, contaminándolo y afectando gravemente la pesca en toda la larga franja del litoral. Una cadena, y sus eslabones iban multiplicándose y apresando en ellos cuanto hallaban a su paso. Se llegaron a contabilizar cientos de teleras en activo y sus humos, ignorantes de fronteras provinciales o nacionales, entraban en tierras de Sevilla, sobre todo a raíz de crearse en la margen izquierda del Tinto aquella masa inconcebible en permanente combustión que llamamos «el Monstruo»: cuando inició su infierno tenía una base de miles de metros y calcinaba ya millones de toneladas, y eso era sólo la mitad de lo previsto que alcanzase. Las emanaciones sulfurosas invadieron el país vecino. Hasta el sur de Portugal, como larguísimas uñas grises, se extendían. La propia empresa señalaba en 777 kilómetros cuadrados el área afectada. Una zona que comprendía 11.000 propiedades. Y si esto lo databan los mismos causantes del mal, puedes imaginarte. En los juzgados se iban apilando año tras año, amontonados por cientos, los expedientes de reclamación en solicitud de indemnizaciones que jamás prosperaban. ¿Cómo podrían competir los campesinos con la corte de abogados y jueces que La Compañía mantenía en nómina? Todo lo manejaba, lo controlaba todo. Piensa que la Rio Tinto Company Limited resultaba ser la mayor organización comercial de España, ninguna otra empresa privada generaba en todo el territorio nacional tal cantidad de puestos de trabajo, y su influencia en la economía y la política del país era incuestionable, incluso había concedido pagarés a Hacienda para asistir al Gobierno español en su deuda exterior. Suma a esto los sustanciosos impuestos con los que engrosaba sus arcas el fisco nacional, y comprenderás su gran logro: en 1880 las calcinaciones se declararon de utilidad pública. Nada más y nada menos. Como lo oyes. ¡De utilidad pública! Compraban a técnicos, letrados, políticos... Los pueblos implicados por la contaminación enviaron a sus representantes a Madrid, allí, los responsables gubernamentales los enredaron once meses sin tomar finalmente decisión alguna. Por contra, la comisión llegada desde la capital de España para verificar los informes recibidos hizo el paripé y anunció que los humos no suponían daño alguno para la salubridad. ¡Sinvergüenzas! Que no eran tóxicos. ¡Canallas! La Compañía fue aún más lejos al esgrimir que incluso eran algo beneficioso y positivo, actuando como desinfectantes del cuerpo humano. ¿Qué te parece? Inconcebible, pero a mediados de la década de los ochenta, la calcinación sumaba, como te he dicho, varios millones de toneladas al año. Y, sin escrúpulos, el sistema de mayor rentabilidad resultaba ser las teleras. ¿Qué podíamos hacer? David contra Goliat. Sólo que, en este caso, honda y piedra pertenecían también al gigante. Contaban además con prensa a su favor, *La Provincia*. Aunque, por fortuna, otras voces justas se levantaron: *El Cronista* y *La Coalición Republicana*, que dirigía José Nogales, el periodista y escritor del que aprendí y con el que llegué a colaborar, ya lo nombré, ¿te acuerdas? Como resultado de esta situación se creó la Unión Antihumos, formada por agricultores y ganaderos del entorno que, impotentes, veían morir al ganado y perderse, una tras otra, las cosechas. Comandaba la Unión, Dionisio Torres, propietario de numerosas tierras afectadas y casado con la única hija del mayor terrateniente de Zalamea la Real, don Zacarías, víctima también de las teleras. Aunque su rabia no provenía únicamente de la catástrofe que la manta suponía para sus campos. Ahí radicaba, por supuesto, el gran problema, sin embargo... encubría un matiz más sutil, más retorcido, más… propio de la debilidad humana. El orgullo herido. La soberbia pisada. Palabras mayores para el rancio caballero español de la mano en el pecho, y la otra, la escondida, en alguno de los siete pecados capitales. Hasta la llegada de los ingleses, él y otros hacendados similares eran los amos, los dueños de la zona. Lo que en Andalucía denominamos «señoritos». Pero, ay, aterrizaron aquellos tipos altos, lechosos, rubicundos. Y con ellos no conseguían medirse. Más poderosos y, sobre todo, más elegantes, más refinados. Otro mundo. Quienes observaban desde la fatuidad eran ahora mirados por encima del hombro. O peor aún: resultaban invisibles para el *staff* británico. El furibundo don Zacarías y, muy especialmente, su esposa, nunca perdonaron que las lujosas fiestas y veladas de Bellavista les fueran inaccesibles. Jamás recibieron una invitación ni tan siquiera al club. Ni ellos ni ningún otro de aquel grupo. No sólo causaban su ruina, también los humillaban. Y el resentimiento es terreno abonado para incubar venganzas. Pero la sociedad británica de Riotinto era así. Bueno, mira qué idiota, qué rematadamente idiota, yo diciendo «era», como si hablásemos del pasado. Hoy, Katherine, el coto privado permanece. No creas que nadie del pueblo puede ir y tomarse un jerez en ese club. Te pondré un ejemplo, al otro lado del muro, junto al cuartel de la guardia civil, habrás visto un edificio de largas tapias encaladas, ¿sí? Es una piscina. La piscina de Bellavista. Bien, pues el alcalde, la —se supone— máxima autoridad, no puede darse un chapuzón. Ni nadie de su familia. No, ni pagando, no es eso, no se trata de dinero. Nadie del pueblo entra, ni allí ni en el club ni en la zona privada del Zumajo o de su huerta… Corrijo, hay una excepción: Juan Wilkins. Por méritos propios pertenece al *staff*, aunque nunca ha querido habitar las mansiones de Bellavista, y con su esposa y sus tres hijas vive sencilla, pero dignamente, en una casa más del Valle, junto a los obreros. Es un hombre tan respetado como admirable y, lo que importa más, querido. Siempre con sus ternos impecables, sus mascotas, el bastón. Todo un símbolo. A mi regreso, me ayudó mucho, mucho… Nos vemos menos de lo que yo quisiera, pero goza de mi mayor consideración y tiene, plena, mi confianza. Es mi amigo.

Detuvo el balanceo de su mecedora.

—Necesito un poco de agua. ¿Quieres? ¿O mejor algo calentito?, la noche se está enfriando, ya te dije que barruntaba tormenta. ¿Preparo unas tazas de yerbaluisa? Seguro que te gusta. Es del huerto, tengo una mata enorme al fondo. La corté estando en flor, sabe mucho más rica y… huumm, perfumada. Y le voy a poner también a la infusión una poquita de tila. Verás qué bien nos sienta.

—Blanca —dijo Katherine ya con la taza humeante en la mano—, ¿y…?

—¿Y…?

—¡Me resulta tan extraño preguntarlo!

—¡Vamos, a estas alturas! ¿Me equivoco o lo que quieres saber es —se dio unos golpecitos en el pecho —… de aquí?

—No se equivoca.

—Lo imaginaba. —Blanca bebió un sorbo—. ¿Te gusta? Pero ten cuidado, está muy caliente. Lucía y Maximiliano…

—Yo pensaba en… me refería a mi abuelo.

—Tampoco iba entonces tan desencaminada. El corazón sigue presente y latiendo. Latiendo fuerte. Míster White. Míster John Francis White… Una mañana, mientras jugábamos a las casitas, me dijo Estrella: «Vas a tener un nuevo papá y un nuevo amigo.» Anunciaba cosas. Las decía y no daba más explicaciones, ya podías preguntar todo lo que quisieras. Pero no, ah no, aquella vez era demasiado. Demasiado emocionante. O inquietante. Demasiado bueno o malísimo. En cualquier caso, demasiado. Insistí.

—Pero ¿qué nuevo amigo?, ¿y un nuevo papá cómo?

—¡Huy! No puedo hablar. Es un gran secreto. ¡Un secreto doble!

—Me lo cuentas o...

—O qué.

—O no vuelvo a pedirle a mamá un beso para ti. Y lo peor. Lo peorcísimo del mundo. Lo que más miedo te da: si no me cuentas ahora mismo todo, pero todo lo que sabes, te echo por encima un puñado de harina y te hago visible.

Estrella era así. A veces se volvía rabichina y mimosa, y tenía que cantarle las cuarenta y ponerla en su lugar. En el fondo, no pretendía más que llamar mi atención, tan sólo yo la escuchaba y la veía, su única amiga. A regañadientes accedió a hacerme partícipe. «Pero de *ciertas cosas* —añadió muy enigmática— no puedo nada más que dar pistas, lo siento.» Estaba acostumbrada a sus adivinanzas, jugábamos con frecuencia y ya me había vuelto experta en descifrar sus acertijos y cábalas, de modo que cuando se cruzó en nuestro camino míster White...

—Supuso que era él.

—Sí, pero, ¿cuál de ellos?, ¿el nuevo papá?, ¿el nuevo amigo?

Blanca pareció dudar, calló por un momento.

—Ay, no se detenga ahora.

—Pero si ya sabes qué y quién...

—No importa, por favor, siga, siga.

—Mamá me llevaba de la mano por la calle Ancha, disfrutaba sintiendo mis deditos entre los suyos, me sentía orgullosa y segura. Desde el zaguán —«¡Lucía, Lucía!»— llamó la Chacanela. Cocinaba dulces, queques, caparrosas... y los vendía por los pueblos de los alrededores, nunca supe cuál era su nombre, todos la conocían por la Chacanela. Su hija, Adelita —que era albina y nadie la rondaba porque existía la creencia popular de que los hijos de albinos salían con la piel tan transparente que hasta los pulmones se les traslucían y podían vérseles: como una doble esponja desplegada en el pecho—, al fin se le casaba («con un portugués de la isla de Madeira, ¡ay, qué lejos se me va!») y quería mostrarle unas sábanas que le estaba bordando. Aquí siempre ha habido una mano especial para los hilos. Recuérdame que te enseñe algunos bordados que conservo. Mamá entró. Yo me fui mientras a jugar a la plazoleta. Estaba en cuclillas siguiendo el rastro de un bichito de luz, sí, mujer, has tenido que verlos alguna vez, son como una cabeza de alfiler, rojos con lunares negros, parecen una sandía con sus pepitas en miniatura. Noté una sombra a mi espalda, una sombra que se proyectaba en el suelo, larga, y que me cubría por completo. Me volví, agachada como estaba, aún me pareció más interminable, más impresionante. Ahora, tantos años después, entorno los ojos y sin ningún esfuerzo puedo verme: mi mirada va subiendo, tímida, desde sus zapatos: pantalón de franela, chalequillo abotonado... cálida, marrón, más oscura que los pantalones, la chaqueta, por el rostro paso, vergonzosa, rápidamente, y se me queda prendida la mirada en el contraste que la cinta de su sombrero, a juego con la corbata, hace con el cabello y el color del cielo. Debió pensar que era boba, allí, encogidita en el suelo y mirándolo con la boca abierta.

—Éste es uno —me susurró Estrella al oído.

—Ya lo sé.

—¿Con quién hablas? —me preguntó aquel hombre.

Sentí un cosquilleo: el bichito de luz me subía por la pierna.

—Con nadie.

Ahora continuaba su escalada por el brazo y desde el dedo índice, asomado al precipicio, calibraba la altura, sus posibilidades y el inmenso espacio alrededor. Tras un par de tentativas, abrió finalmente los élitros, desplegó las alas y, como un diminuto farolillo encendido, se alejó volando.

—Se ha ido.

—¿Cómo te llamas?

—Blanca. Blanca Bosco.

—Bueno, Blanca Bosco, a lo mejor no se fue del todo. A veces las personas nos marchamos sólo para regresar después. Por el placer y la sorpresa del retorno. Aunque a menudo también volvemos cambiados, diferentes, y no nos reconocen. Hay que fijarse bien. Quizás los animales hagan igual. Yo creo que este tunante ha querido engañarte. Y que... a ver... cierra las manos, no, en forma de cuenco, eso es, así, como si fuesen un nido.

Él acercó las suyas, noté que deslizaba algo cálido y suave en las mías.

—¡Un pájaro!

Era un petirrojo. La réplica, en ave, del insecto huido. Su reencarnación con plumas. Había regresado disfrazado, distinto, como afirmaba aquel señor. Pero yo lo reconocía: era la misma gotita viva y roja. Me dijo:

—Tiene un ala partida. Pero yo sé que tú lo curarás y le enseñarás a volar.

—¿Yo?

—Sí. Porque tú vuelas, ¿verdad?

(Katherine notó, con una desconocida alegría, que se le humedecían los ojos y, tantos años después, se sintió dentro, y ahora de verdad, de uno de los relatos de su abuelo.)

Muchas veces he pensado en aquel encuentro. Hay cosas que... mejor no buscarles explicación. Mi madre apareció en el umbral y corrí hacia ella.

—¡Mira, mira, lo que tengo! Era un bichito de luz, se marchó y... ¡ha regresado convertido en pájaro!

—¿Cómo...?

—Aunque, al volver cambiado, se ha herido. Y yo... las alas... volaremos.

—Para, Blanca, y tranquilízate.

—Me lo ha dado un señor delgado y muy alto. Un caballero elegante.

—¿Quién?

—Aquel que está... —volví la cabeza pero ya no había nadie.

—Si la fantasía llenara el plato... Así que ahora un príncipe ha sustituido a Estrella.

—No, mamá, no te enteras. Éste es un señor visible, y va a ser mi nuevo amigo o... —me detuve, ¿debía o no debía decir *lo otro* que podría llegar a ser? Pensé que sí, a fin de cuentas ella era la parte más interesada—. O... —pero entonces Estrella me tiró, ¡ay!, del pelo y, con el índice en los labios, ¡chiiisss!, me ordenó silencio.

—Vamos, hija, que se nos hace tarde.

Íbamos al cementerio. A limpiar la tumba de papá. A mí, al contrario de muchos niños, nunca me dieron miedo lápidas ni sepulturas. Y fue allí, en aquel cementerio que los barrenos envolvían intermitentemente en una nube de polvo rosáceo, aquel mismo día y junto a la tierra en la que reposaba mi padre, donde encontramos o nos encontró la segunda parte del «o...». La otra posibilidad. Junto al pie de mamá, un alacrán torcía su cola venenosa, ni ella ni yo lo habíamos visto. De dónde surgió Maximiliano, no lo sé. Pero de pronto estaba. Sentimos un golpe seco, fuerte, seguro. Y al levantar su bota, apareció aplastado aquel peligro. Así lo conocimos. Dijo que no tenía familiar ninguno bajo ese suelo, que iba al cementerio porque era el único lugar de Riotinto en el que sus pensamientos podían estar rodeados de algunas flores. Yo, en cuanto lo vi y escuché, no tuve dudas, me dije: Éste es el otro. Y lo era. El tiempo se encargó de situar a cada cual en su camino.

—¿Ha oído, Blanca?

—Ya te dije que barruntaba tormenta, los huesos no fallan. Y la herida, menos.

—¿La herida?

—Sí, aquí, una cicatriz: del comienzo del pecho izquierdo al hombro. ¡Uf !, éste ha sido más fuerte. Aún suena lejos, pero se acerca. Por el oeste.

—No sabía si era trueno o uno de *nuestros* barrenos.

—Ruidos del cielo y ruidos de la tierra, no es lo mismo. No, como aquellos dos aparecidos.

—¿Y qué sucedió con mi abuelo?

—Volví a encontrarlo una semana después. Estaba recién llegado, venía a hacerse cargo del hospital y hablaba muy bien español. La mujer que hasta entonces realizaba la limpieza en la enfermería era vecina nuestra y hacía buenas migas con mamá, le preguntó si quería sustituirla porque se marchaba a Galaroza, un pueblo de la sierra. Ya supondrás que en casa no sobraba el dinero, todo lo contrario, y las viudas de mineros muertos en accidente, como papá, tenían preferencia para esos puestos.

—Espérame aquí —me pidió mientras la veía perderse por aquel pasillo largo y blanco como una venda.

—Me quedé en la puerta. Casi temblando. Mentira, sin «casi»: temblando. Los hospitales sí me daban miedo, y continúan dándomelo. Me producen inquietud, desazón, un punzante temor. Son la encarnación de la tristeza, como una ballena varada y moribunda cuyo estómago estuviese hinchado de ilusiones fermentadas, de sueños pudriéndose. Después de tantos años, aún me queda la imagen de lo que entonces significaban: la boca por la que desaparecían centenares de niños enfermos por alguna epidemia. No exagero, Katherine, centenares. Y un número similar de mujeres y hombres. Las causas principales de mortandad en la cuenca eran las epidemias, seguidas de las enfermedades respiratorias y también las infecciosas y la tuberculosis. Tu abuelo lo sabía muy bien. Y mi madre. Que, sólo en un año, contó 187 defunciones de hombres, 65 de mujeres y —todavía se me revuelve la sangre— 123 niños y 144 niñas muertas por esas causas. Tengo esas cifras, número a número, como una marca tatuada en la memoria. Yo estaba en la puerta del hospital y no me gustaba nada que mamá fuera a trabajar allí. Habíamos subido la colina sobre la que se alzaba el edificio para que ella se entrevistase con alguien y recibiera instrucciones. Comenzaba al día siguiente. Los minutos que pasó dentro de aquellas paredes me resultaron interminables, llegué a pensar que jamás saldría, que nunca volvería a verla. La retendrían para someterla a dolorosas operaciones sin cloroformo, a terribles y sanguinarios experimentos. Para medio engañar mis nervios me puse a jugar al tocadé.

—Hola de nuevo.

La voz que sonaba a mi lado, esa voz... yo la conocía.

—¿Cómo sigue el pequeño corazón de plumas rojas?

Era el caballero elegante. El que podía ser: a) mi nuevo papá, b) mi nuevo amigo. ¿Qué sería? Pero ahora llevaba una bata. Me mordí el labio inferior. Mamá avanzaba ya desde el fondo del pasillo.

—Deja de dar la lata al señor. A saber qué despropósitos le estarás contando. Tiene la cabeza llena de fantasías.

—Al contrario. Es una jovencita encantadora.

Sentí cómo me subían los colores: que no se note, que no se note... pero estaba como una cereza, y además, qué maravilla, no me había llamado «niña» como todo el mundo, sino «jovencita» y «encantadora», qué más podía pedir.

Blanca respiró hondo. Luego, como si tomase impulso y carrerilla, lo dijo de un tirón:

—En ese mismo instante me enamoré de él.

Los ojos de la anciana se volvieron más azules, centelleados por un brillo pícaro y divertido. Un gnomo, mucho tiempo escondido, se asomaba desde sus pupilas al exterior.

—Bueno, ya está dicho. Espero que aprecies mi confesión en lo que vale. Tú, su nieta, eres la primera persona en saber el secreto mejor guardado de mi infancia. La Gran Revelación. ¡Ahí es nada!

—Prometo solemnemente ser digna del alto honor que me hace. ¿De verdad?, ¿de verdad se enamoró usted de mi abuelo? Es más de lo que hubiera podido nunca imaginar. ¡Me encanta!

Blanca parecía viajar en el tiempo con el vaivén de su mecedora, tener de nuevo aquellos inolvidables diez, once años.

—Le preguntó a mi madre si la llevaba allí alguna enfermedad. Ella le explicó. Cruzaron unas palabras pero, si te soy sincera, yo flotaba y ni sé de qué hablaron. Sólo recuerdo, al volver en mí, su despedida.

—Adiós, Hada —me dijo.

—Me llamo Blanca, no Hada.

—Lo sé, ¿pero me permitirás que yo, sólo yo, te llame Hada?

—¿Por qué?

—Porque no hay más que verla, señorita, usted es un hada.

Y desde aquel momento él me llamó Hada. Mientras descendíamos la colina, yo pisaba nubes y hasta tuve el arrebato, instantáneo, eso sí, de querer ser enfermera.

Katherine sopló una pavesa inflamada y suspendida en el aire.

—Para la generación de mi abuelo —dijo—, también la de mi padre, y hasta la mía, hadas y demás seres fabulosos han constituido algo propio de nuestra tradición cultural, espíritus encantados pero casi de la familia. Las bibliotecas victorianas abundaban en libros sobre ellos y, en las paredes, los cuadros nos hacían habituales sus prodigiosas alas. Yo recuerdo saludar, *good morning*, *good night*, a elfos y duendecillos de un pequeño lienzo misterioso que mi abuelo tenía en el interminable pasillo. A él le sedujo tanto aquella historia de las niñas de Bradford... especialmente cuando su admirado Doyle comenzó a investigar.

—Espera un momento, espera, ¿Conan Doyle?

—Sí.

—¿El verdadero, el auténtico Conan Doyle?

—Sir Arthur. Él, sí.

—¡Eso me lo tienes que contar!

Con un gracioso movimiento, la joven desenredó un rizo de su nuca.

—En 1917, dos primas, Elsie y Frances, con la cámara del padre de Elsie, fotografiaron en el bosque de Bradford hadas y duendes. Ni técnicos ni expertos lograron descubrir manipulación o truco alguno en las placas. La noticia saltó a la prensa y, con ella, la polémica. La conmoción se adueñó de sectores populares y también cultos. Espiritistas y teósofos, tan en boga, se frotaban las manos. Ciencia y ocultismo, al fin, emparentados. Atraído por el tema, Conan Doyle inició una investigación minuciosa cuyos resultados, al igual que hiciese con las entregas de Sherlock Holmes, fue publicando en la revista *Strand Magazine*.

—Eso debió apasionar al doctor Watson, digo White.

Katherine sonrió.

—Además, hay una cosa muy curiosa, el apellido de mi abuelo, mi apellido, en español significa blanco. Como su nombre.

—Guiños que la vida nos hace. Debiéramos aprender a interpretarlos, los años enseñan que no son triviales. Escucha... ya está más cerca la tormenta. Poco va a tardar en llover. Shadow, Shadow... parece que duerme. Una tarde así, de relámpagos, fue la de la llegada del nuevo director general de las minas, míster Crown, a Riotinto. Sustituía a James Terry que, al parecer, había perdido el favor y la confianza de Londres. Crown, Laurence Crown vino con su distinguida esposa, Marjorie. Eso fue a finales de enero, pocos días antes de que estallase el conflicto. De él, quienes lo vieron —yo, nunca— comentaban, no ya con curiosidad sino con sorpresa y aún más, con asombro, que, sin parecerse físicamente, les recordaba de forma irracional a Maximiliano. Era algo no físico, no de los rasgos, algo indescriptible. «Un aire, un no sé qué —decían— que enseguida pone en mientes al cubano.» Y ni siquiera tenía Crown el cabello de su color. Pero indudablemente algo había, porque todos los que en alguna ocasión tuvieron cara a cara, frente a frente, al poderoso míster Laurence Crown creyeron estar ante la sombra perdida de Maximiliano Mallofret. Una mujer, sirvienta en la Casa Grande, la mansión de míster Crown, lo explicó perfectamente un día en el Vale.

—Ya es la segunda vez que escucho ese nombre, recién llegada, unos niños me dijeron que iban a jugar al fútbol cerca del Vale, y ahora usted... ¿qué es?

—Dónde se pagaba y recogían los bonos, *los vales*, para comprar obligatoriamente en el economato de la empresa, así el dinero retornaba siempre en beneficio de la propia Compañía. Aquella criada, santiguándose, dijo:

—¡Qué susto! Y la cosa es que, te fijas, y no se parecen en nada. Pero, hija, es algo sobrenatural, como si fueran el mismo candil, que por un lado alumbra y por el otro, oscurece.

Bellavista se conmocionó con la llegada del nuevo director, lo precedía su fama de estricto, seco, duro. Arrogante. Y el momento en que hacía su aparición no podía ser más delicado. Para nosotros, todos los que habitaban al otro lado del muro eran «ingleses», no distinguíamos entre éstos y los escoceses, más puritanos y severos. No sé qué te habrá contado tu abuelo, pero no creas que la existencia en Bellavista era modélica y armoniosa. La presión de una comunidad tan cerrada y encerrada se volvía opresión. Vivían en una burbuja que más de una vez, y aunque tratasen de disimularlo y que nada trascendiese, estalló y salpicó por encima de las piedras del muro. Numerosos casos de angustia y depresión, no menos de alcoholismo, trastorno cuando no locura, dimisiones en cadena... De nada servía la reproducción a escala, en miniatura, de una superficialmente apacible vida victoriana, de nada que el archidiácono de Gibraltar visitase puntualmente Bellavista y diese la comunión a los anglicanos, de nada que el mismísimo presidente en Londres de la Rio Tinto Company se desplazase a la colonia y exhortase a sus selectos empleados o que, investido como prelado laico presbiteriano, lanzase durante varias horas —pues no menos duraban sus intimidatorios y atronadores sermones— todos los fuegos del averno por su boca. Ni que sus ropas fuesen más propias de la idealizada campiña que del sur de España. Ni el *Times*, *Morning Post*, *Ilustrated London News*, que el club —con sus grabados de la reina en las paredes y sus mesas de té— se encargaba de reponer puntualmente, ni las cacerías en la sierra, las partidas de bridge, criquet o billar, ni las cenas y bailes... nada podía devolver a los atrincherados del muro —prisión dorada y sin barrotes pero, al fin, cárcel también— los verdes y melancólicos espacios del Reino.

—Las de 1880 y 1890 —puntualizó Katherine— fueron generaciones muy peculiares, resultado de la floreciente burguesía educada en los *public schools*. Se consideraban una elite destinada a gobernar.

—Aquí lo hicieron. Cumplieron su autoimpuesta misión. ¡Qué engreimiento! ¿Sabes cómo nos llamaban? Claro que lo sabes, «nativos». Nosotros éramos, con un indisimulado matiz despectivo, obviamente diferenciador de clase, «los nativos». El cargo más elevado en el escalafón al que un nativo podía aspirar no pasaba de administrativo. Criadas sí hubo, y hay. Muchas. Y, naturalmente, historias de amor o, no nos engañemos, sobre todo de sexo, entre las que hacían las camas y los que las deshacían. Pero, desde luego, el ir más allá en la relación, el, como suele decirse, formalizarla ante los ojos de Dios y de los hombres, era algo inadecuado, disonante, que por supuesto contaba con el rechazo rotundo de los directivos superiores y suponía el aislamiento del propio entorno social. Cuando —y te hablo no de un caso sucedido entonces sino en la década pasada— míster Hill, desafiando las normas, llevó ante el altar a una sirvienta suya, la vida del nuevo matrimonio se hizo insufrible. Para que te hagas idea, ella entró una vez —y digo «una» porque, efectivamente, fue la única, no volvió más— en la capilla de Bellavista y todas las señoronas que, siguiendo el riguroso orden jerárquico establecido ocupaban sus asientos, abandonaron la iglesia. Cuando se atrevió a levantar la vista, miró a su alrededor y se encontraba completamente sola en aquellas filas de bancos vacíos. Desaires como ése, que sólo descalifican a quien los infringe, los empujaron a marcharse. En estos casos de matrimonio mixto, las invitaciones, para mayor humillación, llegaban sólo a nombre del marido, la esposa nativa quedaba excluida de cualquier acto social, ni siquiera podía acompañarle a Punta Umbría. En la colonia de veraneo las únicas españolas eran las criadas, vivían juntas en una misma casa y tenían terminantemente prohibido salir de noche a menos que fuese para servir a sus señores, pero sí se levantaban al alba para coger la canoa de la Compañía que, a las siete en punto, zarpaba del muelle rumbo a Huelva, en donde realizaban las compras. Los hijos de esas parejas se encontraban en una extraña, delicada, y muy difícil situación, no pertenecían ni a uno ni a otro lado del muro, en ambos eran mirados con recelo, en ninguno se les acogía plenamente y en los dos despertaban rechazo. Vivían en una delgada línea fronteriza, rápidamente quebrada. Caminaban en equilibrio sobre un trazo invisible. ¿Qué proporción, qué medida, era su canon?, ¿por qué reglas regirse? Bellavista es una isla, pero Riotinto también, una isla dentro de otra, y ellos, los hijos de ese mar de nadie que nace y muere en las dos orillas, eran, son aún, náufragos permanentes.

Blanca removió los leños y un resplandor de ascuas enrojeció el hogar.

—Aunque —continuó— el caso que verdaderamente alteró al pueblo y trajo el estupor fue el de Edward Lancaster, un nombre precioso, nunca lo he olvidado. Había participado en la construcción de dos de las grandes obras, magníficas obras, que tus paisanos realizaron en esta provincia: el ferrocarril que une las minas con Huelva y, allí, en la capital, el espectacular muelle del Tinto, un costillar de hierro que se adentra en la ría para facilitar la carga y salida a mar abierto de los barcos que transportan el mineral. Lancaster era un hombre de gran reputación. Hasta que pasó lo que pasó.

—Una joven nativa...

—Eso creían todos. Solteros o casados, no era algo infrecuente y, mientras el desliz no fuese a mayores, resultaba comprensible: «Bueno —decían—, la naturaleza.» Se tapaba y vista gorda. Pero aquel escándalo hizo saltar por los aires las hipócritas convenciones. Durante semanas no se habló de otro tema. Y eso que rápidamente trataron de echar tierra al asunto. Imposible. Sobre todo cuando Roque, el joven minero al que habían sorprendido desnudo y abrazado a Edward Lancaster, se suicidó. Fue terrible. Al amanecer. Lo vieron, sin poder impedirlo, los que entraban a relevo: el muchacho estaba en el precipicio de Corta Atalaya, al borde mismo. Inmóvil. Como una estatua. Y, de pronto, en el momento en que el sol fingía nacer de la sima espiral, abrió los brazos y se arrojó. Al parecer estuvo allí toda la noche. ¡Pobre zagal! En muchos días no logré apartar de mí la imagen. Lo veía en el labio de la tierra, una figura perdida, ausente, mientras se apagaban las estrellas sobre aquel vacío hipnótico. Sobre él. ¿Qué pensamientos cruzarían entonces su cabeza? Aquella misma madrugada Edward Lancaster, evitando ser visto, había abandonado Riotinto. Las dos comunidades se dividieron enfrentadas: ambas se acusaban mutuamente de la corrupción de sus miembros. Palabras feas, palabras horribles, palabras que sajan y sus heridas nunca tendrán ya encarnadura. No hay brasa, no hay sal, no hay cáustica que cauterice ya esas llagas abiertas por las que entran las terribles palabras. Culpable y víctima fueron radicalmente distintos según el lado del muro. Me estremece pensar que ni una vez escuché a nadie suponer siquiera que podía existir algo entre ellos que no fuera interés, sometimiento, relación mercantil. Ni una vez, ni una sola, escuché a nadie pronunciar la palabra amor. La única palabra que sí cura. Amor. ¡Katherine, cuidado! ¡Estás a punto de encender el cigarrillo al revés! ¿Te sucede algo?

—No... es la chimenea, estoy demasiado cerca. El humo... Creo que dejé abierta la ventana de mi dormitorio, voy a cerrarla. Ya ha empezado a llover.

—Pero, mujer, ¿por qué no te acuestas? Bien, como quieras. Mientras vas, yo aprovecho para cerrar un momentito los ojos.

—¿Qué hora es?

—Su reloj dio las cuatro hace un momento.

—Me quedé dormida. ¿Shadow?

—Le puse leche y ha bebido un poco.

—Buena señal. Eres un ángel. ¿Qué paladeas?

—Un caramelo de anís. ¿Quiere uno?

—Gracias, tengo la garganta seca. Parece que ha pasado la tormenta.

—Temí que los truenos la despertasen. Ha sido impresionante. Desde la ventana he visto los relámpagos más brillantes de toda mi vida, cegadores.

—Sí, encienden el horizonte y las Tres Águilas desaparece y resurge bajo mil culebrinas de rayos. Si no te da miedo, es todo un espectáculo. El primer verano que pasé en esta casa, qué lluvia de estrellas fugaces hubo... caían y caían una tras otra, ni tiempo daba a contarlas. Saqué una hamaca y con Shadow, que entonces tenía ocho o nueve semanas, en mi regazo, me tumbé cara al cielo a contemplarlas. Se dijera que el monte las llamaba. ¿Estabas leyendo?

—Mientras usted descansaba cogí ese libro del que me leyó. *I'm sorry*... no le he pedido permiso.

—Lo tenías. ¿Te gusta?

—Me resulta difícil. Pero sí, sí. ¿Conoció al autor?

En el rostro de la anciana se perfiló una sonrisa más esbozada con el pliegue final de los ojos que con el de los labios.

—Bastante. Pero estábamos hablando de los Crown, no me líes. De él, ya te he dicho; ella era una dama frágil y muy hermosa. Enseguida corrió el rumor de que estaba loca, que tocaba el piano en mitad de la noche, que únicamente se vestía de blanco, que invitaba a las principales señoras a tomar el té y, con extrema puntualidad, un criado hindú, traído con ellos de Londres, lo servía exquisita y ceremonialmente.

—*Oh, the five o'clock tea* —ironizó Katherine.

—Pero ella, Marjorie Crown, no aparecía ante sus, a cada minuto más perplejas, convidadas. Esto y el que hablara con los pájaros, me la hizo simpática. La única vez que Marjorie Crown abandonó la Casa Grande, cruzó el muro y dejó atrás Bellavista, movida de un repentino e inusitado interés por conocer la mina y su entorno, pronunció una frase (tu abuelo, que la acompañó en aquella excursión, se la repitió literalmente a mi madre) desconcertante. Tras visitar la minería exterior en Glory Hole, Fundición, las cortas, los canales de precipitación del cobre, no lejos de las teleras, donde humo y cenizas todo lo volvían páramo de nubes sulfurosas y sus emanaciones corrosivas eran la propia silicosis del cielo, allí, en una pequeña loma que bordea la corriente carmesí del río, Marjorie Crown, protegida bajo el quitasol que portaba el inseparable y silencioso hindú, dijo:

—*This is hell.*

Es el infierno. Y luego añadió algo que nadie supo interpretar, sólo ella conocía el profundo significado de aquel: «Mejor. Para mí, mejor.» Al regresar a sus habitaciones, su impoluta ropa blanca, incluida la sombrilla, parecía, teñida por el polvo, estar ruborizada.

—*This is hell.*

Aunque lo más llamativo de cuanto se murmuró de ella era su aversión a todo lo que fuese de cristal.

—No, cristal, no —aprendió muy pronto a decir en español.

Se comentaba que había perdido a su única hija de una forma brutal. Pero nadie sabía cómo. Yo, sí. Estrella —«¡Yo lo sé, yo lo sé! ¿Quieres oírlo?»— me lo contó.

En el invierno de 1886, Alice Crown tenía siete años y estaba aprendiendo a patinar. Por eso aquella tarde esperó ansiosa la llegada de sus primos mayores. Con ellos iba al lago del parque. En su superficie helada trazaban arabescos, sobre aquel mapa inmaculado jugaban, se perseguían, caían entre risas y silbidos. Cuando, camino del estanque, el grupo de niños pasó ante la dulcería, en el escaparate colocaban tartas recién hechas. Alice, golosa, mientras sus primos continuaban por la avenida, se detuvo y acercó su rostro: la punta fría de su nariz, los grandes ojos muy abiertos, sus labios contra la luna del escaparate. El aliento infantil empañó el cristal. Lo limpió enseguida. La joven de cofia blanca, delantal blanco, que disponía las bandejas de pasteles, observó la expresión de la niña y, cómplice, le sonrió. Alice no pudo resistir más: contó las monedas de su bolsito y se acercó a la puerta. Empujaba el brillante pomo de metal y sonaban ya las campanillas advirtiendo de la entrada de un cliente, cuando sus primos la llamaron. Al girar la cabeza no pudo ver que, en el lado opuesto, la rueda de un carro hacía saltar una piedra del suelo. Disparada con tremenda fuerza, hendió el aire y trizó el cristal de la puerta: uno de sus fragmentos, una esquirla agudísima, finísima como un estilete, seccionó limpiamente la yugular de Alice.

14-IV-1952
(Casa de Blanca Bosco. Riotinto)

Parece que llevase aquí —y aquí es nada más y nada menos que en casa de Blanca Bosco— no sé... semanas, meses... y sólo hace veinticuatro horas. El Hada descorrió el telón de otro tiempo, otras vidas, y me ha permitido asomarme. Espero entrar. En su narración hay cosas inimaginables y hechos demasiado cercanos que me perturban. Estoy impresionada con su relato. Pero no menos con ella. Me habla de una amiga invisible, una niña llamada Estrella. Lo hace con tal convicción y naturalidad que no permite siquiera plantearse la mínima duda. No admite término medio: crees o no. Yo me he decidido rotundamente por el sí; en realidad no calibré para después optar, sencillamente, y desde el primer momento, di por cierta su existencia. Así, sin más, siento que entra en la historia Estrella, mágica y posible como Corta Atalaya, como los tonos de estas tierras, igual de increíble que las aguas del río y tan cierta, sin embargo, como ellas. Invisibles también eran las criaturas de mi infancia y hoy me encuentro frente a una, en carne y hueso. ¡Y batiendo huevos en su cocina! Me reafirmo en la verdad de la extrañeza. Blanca me ha dicho: «La imaginación es un reino al que todos creen poder entrar sin pasaporte y, una vez dentro, no saben estar ni salir.»

Acaso el sentido mejor de mi estancia no haya sido otro que impedir que su perro muriese, «como un perro» iba a escribir, y es que lo trata de tal forma que lo siento como la compañía que es para esta anciana que me inspira una ternura especial. Su vitalidad, su fuerza, esa luz que emana de Blanca, me baña en su nobleza. Setenta y cinco años. Yo he aparecido de pronto, inesperadamente, a revolverle el pasado y ahí está, contándome no historias fosilizadas sino vidas umbilicalmente trenzadas a la suya, colocando flores que perfuman mi habitación... Blanca Bosco es la encarnación de estas minas. Me ha llevado detrás de la casa, a una zona apartada y protegida. «Éste es mi bosquecillo familiar. Cuando llegué, lo primero fue plantar árboles. Cada una de aquellas personas marcadas de un modo u otro por el invierno de 1888, envueltas o borradas por su humo, tiene su árbol. Un árbol sembrado con mis manos. A cada cual el suyo: para mi madre, el nogal; para mi padre, el castaño; a Maximiliano, un haya; a Manuel, una morera; ese aliso es de Estrella, y de tu abuelo, el álamo blanco. Aún son pequeños, pero crecerán. Cuando yo no esté, seguirán creciendo. Esto —esbozó una sonrisa que no llegó a cuajar del todo— es más que un árbol genealógico, en estas hojas, como en un libro vivo que muda, cambia, renace con las estaciones, están escritos mis recuerdos. Sin necesidad de tinta ni papel, y mejor, porque así no caen borrones en la memoria. No quiero el pasado en bolas del alcanfor —a mi pesar, la tuve que interrumpir y preguntarle qué era eso—. Aquí, el retorno de la muerte es fértil. Aquí, el recuerdo, al tiempo que se ahonda, se eleva; mientras más entra en tierra, más alto busca la luz. Árboles, nombres. Rojizos, dorados en otoño; desnudos en invierno; florecidos como ahora que tú los has reavivado esta primavera. No hay ser más generoso. Purifican, cobijan, nutren, y se consumen en fuego para ofrecernos calor. ¿Cómo no iba a tener en ellos mis nombres? ¡Árboles! Cuántas veces palpo sus troncos, aspiro profundamente, los abrazo: y los siento recorridos de una secreta fuerza honda, de un cálido y poderoso fluir. Al retirarme, me noto fortalecida, reconfortada, serena y como purificada. De su abrazo salgo más viva. No hablo sola si hablo con ellos.»

Blanca me ha preparado torrijas (¡se me había olvidado que ya me alcanza el 4! Supongo que a partir de ahora ya todo sucedió. Todo, o está atrás o se aleja. Pero no quiero pensar en eso). Y me ha ofrecido el más inesperado regalo: la confesión de su amor infantil por mi abuelo. Yo tengo la impresión —no más que pura especulación a partir de un pálpito— de que entre «la literatura» y ella hubo algo. Pero no como supuse al principio con el periodista Nogales. Aunque fuese más lógico —¿qué tienen que ver lógica y amor?—, no. Cuando leyó aquella descripción de Corta Atalaya noté una identificación con las palabras que dejaba entrever una relación especial con su autor. Después, me dijo que lo conoció y «bastante». Pero, rápidamente, como arrepentida del camino que había abierto, temerosa de que yo indagara o de su propia debilidad para negarse a mis preguntas si insistía, cambió de conversación. En el fondo, deseaba contarme y revivir. Está claro. Debí perseverar. Y mucho me equivoco o todo son señales de que hubo una relación entre Blanca Bosco y Jacobo Gil. Así se llama el escritor. En su libro, *Diario Tarteso*, leí algún dato sobre él: la fecha de nacimiento me lo descubrió diez años menor que Blanca, pasó algún tiempo en Ronda y otro en Granada y Madrid, no llegó a publicar en vida y murió joven. Su *Diario* —me fijé— está editado en México. En sus páginas narra un sueño que se repite, obsesivo:

«Siento que me nacen grandes alas blancas y vuelo en círculos por el cráter telúrico de Corta Atalaya.»

Todo esto, por lo que capto de la personalidad de mi anfitriona, me cuadra para un posible amor. Un poeta muerto en plena juventud y cuyo lema lo formaban estas tres palabras: «Rebeldía, Belleza, Libertad.»

Jacobo Gil. ¿El amor de Blanca Bosco?

14 de abril de 1952

Desde algún lugar de las nieblas de Albión, el caballero de la espejeante armadura ha hecho aparecer de nuevo en mi mano un pájaro. Gracias. De no ser por Katherine ahora estaría cavando, junto a las glicinias, un hoyo para Shadow. Ella está aquí. He comenzado a contarle, pero anoche, como una vieja —lo que eres, Blanca Bosco— me quedé trasvelada en la mecedora. Daban las cuatro cuando continuamos hablando pero, de nuevo, me dormí. Esta mañana, al abrir los ojos, sobresaltada —¿dónde estoy?—, encontré una manta en mis rodillas. Bajo la ceniza aún titilaban algunos rescoldos y ya se insinuaba el primer claror del amanecer. Al acariciarlo, Shadow movió la cola, desinfecté de nuevo sus heridas y le cambié el vendaje. Por dos veces ha bebido un poco de leche fresquita. Buena señal. El momento crítico ha pasado, creo que se puede considerar fuera de peligro. Katherine se había retirado a su habitación y el silencio, como una enredadera, tomaba la casa: flotando en él, todas las cosas parecían ocupar el perfil de su sitio. Fui a mi bosquecillo y respiré hondo. Húmedo de la tormenta nocturna, el suelo desprendía vaharinas y ese olor único, irrepetible, a mundo nuevo, aún no hollado, no usado (aquel de cuando los años cumplidos podemos contarlos con los dedos y cada cosa —especialmente los sentimientos— es hallazgo y estreno de una palabra propia). De la tierra, entre el vaho, me pareció ver surgir un ejército de sombras: Lucía, Santiago, Maximiliano, míster White, Manuel, Estrella... todos los nombres que conforman esta historia que ahora escucha Katherine, que es mi historia, mi vida, yo. Estaban ahí, silenciosos, al trasluz del amanecer, mirándome. Esperando quizás que pronto vaya a reunirme con ellos. Maldije ayer la tierra. Esta tierra. No es verdad. No lo es. Yo no sabría vivir en otro sitio. Yo no quiero morir en ningún otro lugar.

—*Happy birthday!*

Blanca Bosco portaba una gran fuente de torrijas coronada por una vela.

—Sopla pronto y pide un deseo, que tengo complejo de Salomé con la cabeza del Bautista en la bandeja.

—Yo diría más bien que es el monte de las Tres Águilas, despertado al fin de su letargo volcánico y mostrando a los simples mortales el fuego sagrado de los dioses.

—¡Huy, huy... cómo hemos amanecido hoy! Esto es cosa de la electricidad de la tormenta. Vamos, apaga la vela y no olvides el deseo. Pero cuidadito con lo que pides, pues se derraman más lágrimas por plegarias atendidas que por las no atendidas. Lo dijo santa Teresa.

—Es una bella frase.

—No sólo hermosa, también cierta. ¡Venga, sopla! ¡Felicidades Katherine White!

—¡Cuarenta!

—¡Ah, no! ¡Ni hablar! No estoy dispuesta a lamentaciones y nostalgias. De eso, nada. Además, aquí la única que puede presumir de años es una servidora: casi te doblo, y he vivido en dos siglos, así que calladita y a probar las torrijas. ¿Cómo están?

Katherine notó que la miel resbalaba por su barbilla.

—Riquísimas —respondió con la boca llena.

—Me he vuelto tarumba buscando la dichosa velita, yo sabía que en un cajón de esos a los que va todo lo que no sabemos donde poner, guardaba algunas de un cumpleaños que le preparé a Daniel, pero, figúrate... No dejas de mirar y remirar el tú y yo, ¿te gusta?

—¿Así se llama, tú y yo?

—Porque es para el servicio de dos personas. ¿Recuerdas que te comenté los magníficos bordados? La esposa de un directivo inglés fundó un taller y la tradición ha continuado hasta crear escuela.

—¿Usted también borda?

—A mí eso, hija, nunca se me dio bien. Mientras las niñas se afanaban con el bastidor, yo andaba por los cerros buscando tesoros enterrados y fantaseando con las formas de las nubes. Me encantaban los colores de los hilos, esas gamas de tonos más suaves, más fuertes... qué cosa tan bonita. Me decía: yo voy a bordar un dragón bebiéndose el río Tinto. Me lo decía, sí, y me lo repetía un par de veces. De ahí no pasaba, lo de la aguja no es para mí. Pero aquí hay maestría y llevan al lienzo cualquier motivo: amapolas, rosas, azulejos... Y éste, el más original, escenas del Quijote. Es mi favorito, mira: ahí, al lado de tu taza, el caballero de la triste figura luchando con los molinos de viento. Y por detrás, como debe ser, ¿ves?, ni un hilo cruzado. Una labor minuciosa y delicadísima. Lo heredé de mi madre.

—¡Qué maravilla! Es una obra de arte. Me gustaría comprar uno antes de marcharme.

—Hay que encargarlos con antelación, es trabajo de mucho tiempo. Pero quizás las tres hermanas... guardan preciosidades. Con manos de querubín para la aguja y el hilo, cada una especializada en algo: ramos, animales, paisajes, Águeda, Brígida, Claudia. Trío de solteras, enfadadas entre sí por un mismo novio que, de mayor a menor, a las tres fue dejando. No se hablan, pero cada tarde se sientan juntas a bordar, una al ladito de la otra y sin dirigirse la palabra. Aseguran que si no es así, codo con codo, aunque ni se digan pásame esa bobina, no consiguen las tonalidades que desean. Ni parecen vivos sus bordados. Águeda: «Se me tronchan los ramos, se marchitan.» Brígida: «Las garzas no se mantienen sobre una sola pata.» Claudia: «El horizonte se me borra y en el bastidor sólo aparece un erial.»

—Blanca...

—¿Sí?

—¿Podría tomar una manguera de ese aguardiente?

—¡Qué rebujos gastronómicos hacéis los ingleses! ¡Aguardiente con torrijas! Y es manguara, man-gua-ra. Con una manguera ibas a pillar una buena cogorza. Una manguera de aguardiente, ¡vaya zumbo! ¿Sabes?, estoy pensando que a la tarde podríamos ir al Zumajo a ver si pican, hay barbos, carpas... Es un lugar especial, te gustará, y muy tranquilo para seguir charlando. Eso si continúa la mejoría de este sinvergüenza que nos ha tenido en vilo toda la noche. ¡Ay, donjuán de pacotilla, viejo verde! No me mires con esos ojitos de pena, que no vas a enternecerme, ¿ves lo que acarrean los amoríos a tu edad?, heridas y más heridas. Es increíble la encarnadura de los animales, ayer pensé que me quedaba sin él y hoy ya parece otro. ¿Pediste el deseo? ¡No, no lo digas, que no se cumple!

El relincho lejano de un caballo llegó hasta ellas.

—Ésa es Tinta, la yegua de Daniel.

—Con lo que ya conoces —dijo Blanca Bosco mientras colocaba el cebo en el anzuelo— puedes más o menos hacerte idea de la situación en aquel invierno de 1888. Claro que entonces yo era una niña y lo que de esa tensión a punto de estallar me llegó fue como el eco del eco, no más, de unas voces dadas en el fondo mismo de la corta. A mí, lo que me preocupaba era mi relación con aquellas dos personas que habían entrado en nuestras vidas. Y que Estrella, tan astuta, tan sabelotodo, no intuyese siquiera mi, digamos, especial devoción por el médico a cuyas órdenes trabajaba mamá. Porque poco tiempo después de entrar como simple limpiadora, su inteligencia natural para aprender y saber cómo tratar a los enfermos la había alzado del suelo. Quiero decir, que ya no tenía que pasarse horas de rodillas fregando, aljofifa en mano. Míster White reparó en esas cualidades y, como por desgracia siempre se necesitaba personal, la colocó junto a la enfermera-jefe, la señorita Pinter, tan eficiente como grandullona, un tonel uniformado que ponía firme al lucero del alba, todo un carácter, a los pacientes y familiares que se negaban a acatar sus instrucciones, especialmente si se trataba de depositar a la entrada charrascas y navajas, la Pinter no tenía reparos en arrearles un guantazo o, escupidera en mano, orinal en alto, y maldiciendo con tremendos tacos en inglés, perseguirlos por los pasillos hasta lograr sus propósitos. No, qué va, dejó un gratísimo recuerdo en la mina, era campechana y bondadosa. Mi madre y ella se entendían perfectamente y, más allá del respeto, nació un cariño recíproco. Inflando en su cara de harina los mofletes sonrosados y blandiendo el rollizo índice, le aseguraba: «Con poco que hubieses podido estudiar, Lucía, llevabas mi uniforme... o más.» Y paulatinamente le fue encomendando otras misiones, sencillas, pero sin duda mucho más gratificantes: limpiar heridas y cambiar vendas, aplicar alguna pomada, tomar la temperatura, dar unas medicinas a su hora o la comida a quienes no podían valerse por sí mismos... Todo eso lo hacía con ternura, con paciencia, escuchando a quien, tanto como el fármaco, necesitaba ser oído, sentirse algo más que un cuerpo enfermo y olvidado en la cama anónima de un hospital. John Francis White confiaba en ella y yo creo, Katherine, y esto, aunque lo he pensado a menudo es la primera vez que lo digo, que con el transcurso de los días y la proximidad en situaciones difíciles —esa cálida complicidad que se crea en momentos de tensión compartidos—, él fue sintiéndose atraído por la joven viuda. Puedes levantar tu ceja o abrir la boca todo lo que quieras, yo... estoy pendiente de si pican.

—Pero, pero... ¿Qué me está diciendo?, ¿entonces...?

—Nada. —Blanca la atajó, concluyente, rotunda—. No es más que una suposición mía, intuición infantil, de niños percibimos ciertas cosas que los mayores ni sospechan, y después, deducción extraída de analizar ciertos detalles. Pero, te repito —y quisiera, de verdad, que quedase clarísimo—, se trata de cavilaciones de chiquilla y de vieja. Jamás mi madre hizo el menor comentario. Entre ellos, nada de nada. Sólo esa pulsión electrizante, vibraciones. Además, en el corazón de Lucía había entrado ya, como un relámpago, Maximiliano Mallofret. Te confieso que, entonces, yo hubiese preferido que los caminos se cruzasen de otro modo: que tu abuelo ocupara el lugar del pelirrojo y éste fuese sólo el amigo que me contaba historias. ¡Me resulta tan extraordinario oírme decir esto! Pero ésa es la verdad. Me imaginaba viviendo en una de las grandes y luminosas casas de Bellavista, con juguetes, con pasteles, con lindos vestidos... Aunque esto, nunca lo olvidaré, dejó de ser una ilusión inalcanzable, lo tuve: me refiero al vestido. Fue una Navidad, la primera tras conocer a tu abuelo. En nuestra pobreza, mamá procuraba que en esas fechas hubiese siempre algo especial, un regalito, una comida, y que yo la viera aquella noche arreglada y alegre —aunque luego, creyéndome dormida, la escuchaba llorar—, también a mí me ponía el mejor traje —el único *mejor*, no había otro— y me peinaba de otra forma y yo, a mi vez, me esmeraba con los cabellos de Estrella. Estábamos a la mesa, cuando —Blanca golpeó con los nudillos el tronco de un pino cercano— llamaron a la puerta. ¿Quién podría ser en Nochebuena y a esas horas? Abrimos —yo medio oculta tras el cuerpo de mamá— y un desconocido dijo:

—De parte de míster White.

Nada más. Y, sin dar tiempo a reacción alguna, depositó en las manos sorprendidas de mi madre dos paquetes: uno grande adornado con un lazo celeste y otro pequeñito con una cinta. El mayor —¡qué bien!— era el mío. Entre envoltorios de papel finísimo, guardaba el vestido más maravilloso que tuve nunca. ¡Dios mío! ¿Puedo probármelo?, ¿puedo?, preguntaba dando saltos como loca por la casa. No sé qué contenía el de mamá. Si lo abrió, debió hacerlo mientras yo no tenía ojos más que para cambiarme de ropa. Pero fuera lo que fuese, se lo devolvió. Yo, no. Yo me quedé con aquella preciosidad, quería acostarme con él puesto, pasearme en medio de la noche helada, reunir en casa todos los espejos de las vecinas y mirarme y remirarme desde cualquier ángulo posible. Me costó una llantina tenérmelo que quitar al día siguiente para ir por agua al filtro o —«¡Hasta ahí podíamos llegar!»— al carro.

—¿Adónde?

—El carro era el vacie pestilente al que se arrojaban basuras y excrementos. Deseaba que me viesen los otros niños, en especial Avelina, Avelina Zongorongo Santafé —recitó de corrido—, ¡es sorprendente cómo una recuerda, de pronto, estas cosas!, era una tonta engreída, hija de un capataz, y siempre andaba presumiendo y haciéndome rabiar, ¡se iba a morir de envidia! Pocas oportunidades había en mi vida para lucir un vestido semejante y, aunque, faltaría más, al carro no me permitió ir con él, mamá pensaba que las cosas bonitas y que nos gustan son para usarlas y disfrutar de ellas, no para acabar apolillándose en los cajones o, como decía Maximiliano, gavetas, sin usarlas. Así que en cuanto se terciaba una ocasión mínimamente especial, Blanca Bosco aparecía —al menos eso me gustaba suponer— tal la mismísima hada que John Francis White me había hecho creer que era.

—¿Y Maximiliano?

—Él nos regaló un sueño. Porque eso era para nosotras conocer el mar. Yo no había salido de Riotinto. Bueno, para que el demonio no se ría de la mentira, una vez, sí; pero total... de lo que me sirvió, como si nada. Fue cuando llegó al pueblo una compañía ambulante de titiriteros. Venían malabaristas que hacían desaparecer y aparecer cartas, palomas, pañuelos... contorsionistas que se retorcían igual que un ocho, mujeres que se tumbaban sobre miles de trocitos de cristal como si fuese el más suave colchón, hombres que se tragaban sables o fuego y después, casi dragones, escupían un potente chorro de llamas. Y una muchacha funambulista que cruzó con una sombrilla abierta sobre un cable altísimo. ¡Qué miedo! También había niñas y niños vestidos como Alí-Babá, con cabras y monos y papagayos de brillantes plumas que hacían bailar, saltar por aros, subirse a taburetes o volar sobre nuestras cabezas dejando caer papelitos de colores, mientras ellos tocaban clarines y panderetas con cintas. ¡Había llegado la ilusión. La magia! Y yo quería formar parte de ella. Ése era mi mundo. Me imaginaba saludando con gracia desde el trapecio, o acaso —y la gente contendría la respiración—, un pie tras otro, por el cable del aire. Pero, sobre todo, restallando el látigo, convertida en la principal atracción: «¡Procedente de lejanas minas, nacida de las entrañas mismas de la tierra, con todos ustedes.... la única, la famosa, la inigualable! ¡Ella! ¡La valiente niña domadora de las más exóticas y sanguinarias fieras salvajes!» Por supuesto, cuando partieron, llevaban un polizón. Escondida en uno de los carromatos, no me atrevía ni a respirar, sentía el traqueteo, escuchaba voces, risas, tenía hambre, sed y ganas de hacer pipí, pero Blanca Bosco resistiría hasta que estuviésemos lejos, lejos, muy lejos... Por dónde transitábamos cuando me descubrieron, no lo sé. Sólo que me quedé dormida y de pronto, grande, sobre mí, el rostro de Manuel, el teniente de la guardia civil, mirándome y —me pareció— aguantando la risa, y enseguida la voz de mamá: «Me lo imaginaba, ¡es que no podía equivocarme, estaba segura!» El fantástico viaje duró de la salida del sol a su puesta. Ni veinticuatro horas. Ésa fue toda la aventura y la mayor distancia que, sin ver más que una lona remendada, había alcanzado. Mamá creo que en una ocasión fue al Castillo de las Guardas y en otra llegó hasta donde frecuentemente los ingleses iban a cazar jabalíes, a la sierra. ¡Pero al mar! ¿Nosotras? La noche antes no pegué ojo. Espiando cada cinco minutos si ya el amanecer entraba por las rendijas de la ventana. Me veo en el andén frotándome la pantorrilla izquierda con el empeine del pie contrario, un gesto inconsciente que hacía siempre que estaba nerviosa —y aún lo hago—, mordiéndome los labios, sintiendo aquellos latidos en el pecho. ¿Sabes que Estrella me aseguraba que yo no tenía el corazón rojo como las demás personas? Lo había visto y era azul. Un corazón azul intenso. Se lo conté a Maximiliano y él bromeó: «Serás una aristócrata.» Me gustó, pero como decían que era anarquista —y aunque ignorase qué era eso, sí sabía que, fuera lo que fuese, no quería cuentas con la nobleza—, fingí y me enfadé. Me preguntó, aparentando seriedad, si la sangre de mi invisible amiga también tenía esas veleidades de abolengo. No, por las venitas de Estrella corría de tonalidades distintas según su estado de ánimo: esmeralda, si estaba alegre; naranja para el ensimismamiento; si se enfadaba, gris plata... y cuando la tristeza aparecía, dependiendo de la calidad e intensidad de su pena, la sangre de Estrella se volvía lila, violeta o morada.

—Ahora, camino del mar —musitó en mi oído—, se me irá poniendo nacarada y salina.

Un hombre uniformado —al final del pantalón azul le asomaba una pata de palo terminada en una gruesa goma—

agitó un banderín y el tren entró en la vía silbando y arrojando humo como la chimenea alta de pirita. Pegada a la ventanilla, veía pasar pueblos, campanarios de iglesias, caseríos diseminados por el campo.

—¡Toros, mamá, mira allí, allí, son toros!

Y al momento:

—¡No veo nada, qué oscuro! ¡Estamos atravesando un túnel!

Y al instante:

—¡Unas murallas, mamá, un castillo!

Todo era una fiesta, todo me llamaba la atención. Y yo intentaba retener en la memoria cuanto desfilaba tras aquel cristal empañado por mi aliento. Luego, cuando tuve el mar ante los ojos, no supe cómo reaccionar.

—¡El mar!

Paralizada, sin atreverme a llegar a la orilla. Y con un cosquilleo que me subía por las piernas y, sin poderlo evitar, ajeno a mi voluntad, descargaba como un calambre nervioso en los párpados. Una especie de tic. ¡Aquella masa de agua viva y coronada de espuma!

—Tonta, todo esto te has perdido por no llamarte Mar —le reproché a Estrella.

¿Qué se sentiría al romper las olas a tus pies? Miré a mamá para pedirle permiso.

—¿Puedo...?

Pero Lucía y Maximiliano estaban, descalzos en la arena, besándose.

—*You still shall live where breath most breathes, even in the mouths of men* —recitó Katherine.

Y tras un silencio que el viento despeinó en las ramas de un árbol, preguntó:

—¿Y Maximiliano y mi abuelo cómo...

—... se llevaban? Siempre se respetaron mutuamente. Pero se esquivaban. Mi madre procuró, en lo posible, evitar que coincidiesen, y eludía mezclar sentimientos, política y... medicina. Pero, evidentemente, aunque soterrada, había cierta rivalidad y no negaría yo que celos. Te contaré un detalle: tu abuelo, desde aquel petirrojo que dejó, cálido, temblando, en mi mano, siguió regalándome pájaros, murió ése y apareció con un chamariz, después, un abejaruco, fantástico, igual que un abanico multicolor, pero que tampoco me duró mucho. Desapareció. La antipática de Avelina decía que los Repilaos lo echaron al guiso y que los hijos, cuatro mocosos malísimos, se habían quedado con sus plumas. Nunca supe. Yo sospeché que alguien lo dejó escapar. A Maximiliano no le agradaba que el jefe de su compañera (porque, ajenos a comentarios, nunca pasaron por el altar; mi madre no padeció nunca el cerco de ese tenebroso triángulo católico, vergüenza, culpa, miedo, que impide gozar, vivir) se mostrara tan obsequioso con la hija de ésta, temía quizás que estuviese intentando grangearse, a través de mí, su afecto. Mi madre admiraba el espléndido trabajo de tu abuelo al frente del hospital, su profesionalidad y calidez humana en el trato con los enfermos, su disponibilidad a cualquier hora del día o de la noche... Y, por supuesto, el cariño sincero que me dispensaba y tantas atenciones, pero, te repito lo que antes dije, que yo sepa, al menos que yo sepa, nada más. Sin embargo, Maximiliano no podía evitar que el nombre de John Francis White lo pusiera un poquitín nervioso. Cuando el regalo del chamariz, me dijo:

—Seguro que el galeno inglés no es capaz de cazar alondras como yo.

—¿Cómo las atrapas tú?

—Con espejuelos. Se coge una madera curva, se pinta de rojo y se le incrustan espejitos, entonces se gira, se gira... y, atraídas por el reflejo de la luz, acuden las alondras. De esa forma se cazan. Pero hay que saber.

Y hablando de cazar, en este caso, de pescar... parece que al otro lado de la tanza puede estar nuestra cena.

Katherine observó cómo se hundía la boya de corcho listada de anillos blancos y granas. Desaparecía bajo el agua y volvía a emerger, y en torno a ella se formaban ondas concéntricas cada vez más abiertas, alianzas que engendraban otras alianzas hasta, imperceptibles, desvanecerse. Debajo un ser vivo y de otro elemento se debatía por soltarse, por escapar. Le pareció la turbia metáfora de algo que aún no conseguía adivinar. O no quería entrever. Cerró los ojos. Llegó la imagen de los suicidas nombrados por Blanca. Aquel bastón abandonado en la orilla con la silueta del monte de las Águilas labrada en su empuñadura. La elección de la muerte le parecía la mayor tentación —no la más sublime, pero sí la más perturbadora— que el ser humano alcanzaba a tener. La gran tentación. La Manzana. La opción del propio fin. El eslabón perdido que nos emparenta con los dioses. Superior al amor, más allá, esa posibilidad terrible de elegir la estética forma del único y verdadero tocar fondo: nuestra muerte gustada. La muerte no impulsiva, no voraz, no fugitiva. No desertora de sí misma. La muerte creada y recreada. Puesta en escena como un telón de desangrado terciopelo rojo que cae sobre la conciencia y, pura, la secciona, la guillotina en dos. Y en eso, sí, se asemejaba al amor cuando, contra el deseo y aun la voluntad, nos divide alma y cuerpo. ¡Con qué ansia arrojaría una piedra contra tanto espejismo!

Abrió los ojos. Unas burbujas de aire subían a la superficie. Se estremeció.

—¡Ay! ¡Nada! Falsa alarma. Hoy los peces dicen que tururú. No pican. Será mejor que recojamos, quiero saber cómo sigue Shadow. Pero antes de marchar, voy a enseñarte cómo se corta el agua.

La anciana buscó una laja fina y plana y, sujetándola con destreza entre pulgar e índice, la lanzó a ras de superficie: tocó el agua, quebró su recorrido, brincó en el aire y a saltos, dos, tres, cuatro... fue alejándose. Sin hundirse.

—Daniel ha estado aquí.

Las herraduras de Tinta estaban marcadas, recientes aún, en el camino —«¿Ves lo que te dije?, un centauro»— y a la entrada de la casa, en el umbral, un canasto de caña rebosaba de setas. Cerradas unas, como geodas que ocultasen la cristalización de un fluido oscuro y poderoso; igual que estallidos carnales, las abiertas.

—Son gurumelos. Y parece que no se le ha dado mal.

—Desde luego, mucho mejor que la pesca a nosotras.

—Qué suerte, Katherine, vas a probarlos. Puedes comerlos sin temor, él conoce las setas perfectamente y a mí, éstas, no se me confunden. Tranquila. Si tuviese jibia... no es lo mismo, pero para que te hagas una idea, es una especie de calamar, si la tuviera, preparaba jibia con gurumelos y culantro, según la suculenta receta de mi amiga Mercedes y, aunque no me sale tan extraordinaria como a ella, ¡te ibas a chupar los dedos! Estoy segura de que nunca has saboreado una mezcla así, inusitada, sabrosa. Algo muy especial. Claro, tampoco sabes qué es el culantro, en fin, renuncio. De todas formas, a mi edad y de noche es preferible no abusar, asaremos algunas de las grandes abiertas, para paladear la carne, y de las cerradas, sobre todo, para que bebas su caldito: «Mágico elixir alquímicamente macerado bajo tierra, negras perlas líquidas que se van derramando en su cáliz, linfa filosofal», en el rimbombante lenguaje de maestro decimonónico del pobre don Evaristo. Pero nosotras no le vamos a poner tanta prosa, un simple granito de sal y nada más. ¡Este Daniel! ¡Qué buen regalo! ¡Shadow, bonito, precioso! ¿Dónde está mi sombra?

Nubes plomizas y moradas, aviso de que aún rondaban las tormentas, venían como mascarones de proa rompiendo el horizonte hacia la cumbre solitaria de las Tres Águilas, allí giraban, mientras, por el oeste, su formación en puntos de fuga creaba una vertiginosa perspectiva de profundidad cárdena.

—¡Qué cielo! —advirtió, asombrada, Katherine.

—Se comprende que en él tuviera lugar el combate entre los ángeles buenos y los ángeles malos.

—¿Cómo...?

Blanca ondeó las manos en un gesto efectista, melodramático... que a duras penas disimulaba su hilaridad.

—¿Tú no sabes que fue aquí, sobre tu cabeza y la mía, en donde, al comienzo de los tiempos, se libró aquella singular batalla?

—Pero...

—Ah, palabra de la Santa Madre Iglesia, no pensarás dudar de ella... Cuando la visita de Alfonso XII, formando parte del séquito, también recaló un obispo o arzobispo o cardenal... alguien de la jerarquía religiosa. Se concelebró una suntuosa ceremonia litúrgica al aire libre, todo el pueblo estaba obligado a acudir. Los mejores carpinteros, tallistas, doradores, de la provincia realizaron para tan solemne acontecimiento un púlpito altísimo —en mi mirada de niña era la Torre de Babel—, de falsas reminiscencias góticas y barrocas. Sobrecogía contemplar en él aquella mayestática figura perfilada sobre el fondo descarnado del paisaje minero. Una figura que con voz ya untuosa y envolvente, ya atronadora e intimidante, nos confiaba la revelación que al pisar la tierra roja había tenido: aquí, sobre nuestras pobres testas de mineros —y erguía el índice, agitaba la mano enjoyada, crucificaba sus brazos, aleaba, espléndida, su casulla bordada—, en estos cielos, era en donde habíase desarrollado la apocalíptica lucha entre el Bien y el Mal. No más llegar lo había sabido. Voz interior, soplo en su alma, llama iluminadora de Pentecostés. Ahí, en ese azul (aunque era ceniciento y emborregado) que nos cubría. La formidable pugna de las fuerzas esplendentes de san Miguel contra la tenebrosa legión de Luzbel —titilaban las velas, goteaba la cera caliente de los cirios, los incensarios adensaban el aire, lo celaban de espeso humo perfumado y de la torre de la iglesia pendía, azotado de viento, un interminable lienzo en el que, cual gigantesco paño de Verónica, habían bordado las mujeres, trabajando noche y día, el rostro martirizado de Cristo—, aquella lid definitiva, nada menos que en este humilde espacio que nos corona. Ángeles y arcángeles y serafines, cuerpo a cuerpo (digo yo que espíritu a espíritu) con los sublevados, los indómitos, los seguidores del Príncipe de las Tinieblas en... ¿Venecia?, ¿Moscú?, ¿Pekín?, ¿Washington? No. Su Eminencia lo conocía y nos hacía partícipes: en la bóveda celeste de Riotinto.

—¡Oh, sí, lo veo! —clamaba, entrelazando, parsimonioso, augusto, los dedos, y humillada la cabeza, se recogía en sí para mejor recibir la inspiración divina—. Aquí. Fidelidad contra Soberbia. Pureza ante Impudicia. La Armonía frente a la corrompida Belleza. Yo lo veo —cayó, teatral, de rodillas— y os lo anuncio: Fue aquí, hijos míos. Sabedlo.

Y poseído, arrebatado, de nuevo en pie y blandiendo ahora el báculo, como si abriese los siete sellos, tocase las siete trompetas, derramara las siete copas del *Apocalipsis*, en pleno éxtasis, bramó:

—¡Miradlos! ¡Los vencidos caen, caen como rayos, como luciérnagas oscuras! ¡Ángeles malditos, huestes de Luzbel, lluvia infecta de malignos! ¡Caen! ¡Y la boca de la tierra, Corta Atalaya, su gran sexo abierto, ah, ah, los succiona!

—*Oh, my heavens!* ¡Qué locura! Pero la imagen es muy hermosa...

—Mucho.

—Me parece —observó Katherine— estar viendo los grabados de Doré para *El Paraíso perdido*, de Milton.

—¡Exacto! Por miríadas se tragaba la mina a los rebeldes ángeles caídos. Y en sus entrañas instauraban su reino. Tanto me impresionó aquello que durante mucho tiempo, al salir de casa, lo primero fue mirar las nubes por si aún... Pero hoy lo que no me extrañaría que cayese es otra tormenta. Es la fecha y suelen repetirse varios días.

No se equivocó. Ordenaba unos cacharros en la cocina, le decía a su oyente: «Durante aquel invierno, la actividad de Maximiliano Mallofret fue frenética...», cuando los primeros granizos golpearon violentamente contra el cristal de la ventana.

15-IV-1952
(Casa de Blanca Bosco. Riotinto)

En enero de 1888 —me ha contado Blanca esta noche, mientras descargaba una breve pero espectacular tormenta de granizo— Maximiliano intensificó los contactos que ya había iniciado un mes antes a fin de conseguir la unidad de todos los afectados por las calcinaciones tóxicas. Un frente común con la fuerza necesaria para echarle un pulso a la Omnipotente. Resultaba fundamental el apoyo de los agricultores y, desde luego, de la Unión Antihumos. El destino —o más exactamente las astutas maniobras de una mujer, su calculada estrategia— fue esta vez favorable. Muerto don Zacarías, el gran terrateniente de Zalamea la Real, todas sus posesiones habían pasado a manos de su segunda esposa, doña Vicenta Gómez de León, mucho más joven que el fallecido, y que se reveló dueña de un vigoroso carácter. Montada a caballo —con más destreza que cualquier hombre— recorría infatigable sus tierras impartiendo órdenes con tono firme y palabras exactas. Su silueta, recortada en la lejanía, sobre una soberbia yegua azabache, se hizo famosa en toda la comarca. Sabía tratar con jornaleros y capataces y «más derecho que una vela» —en expresión de Blanca— puso a algún caciquillo cuando, embravecido por tener enfrente a una mujer, intentó (sólo intentó, la Doña o la Leona o incluso doña Leona —como indistintamente solían llamarla— no permitió más que el atisbo) burlarse o ridiculizarla. Aún se recuerda que a uno le cruzó la cara con la fusta y luego sacó un pañuelo de seda y le restañó la sangre. La única descendiente de aquel matrimonio era una muchachita retraída, miope, apocada, en todo diferente a su madre y sometida a su voluntad. La Leona la casó presto, aún sin concluir el luto, con Dionisio Torres, el jefe de la Unión Antihumos. Un matrimonio de lo más conveniente —sobre todo, quizás, para la viuda, pues se decía que sus relaciones eran más íntimas que políticas y con malintencionado juego de palabras se afirmaba que entre suegra y yerno se había consumado «la unión», y que «por los humos se sabe donde está el fuego»—. En cualquier caso, y al margen de comentarios y habladurías, una acertada suma de intereses en perfecta y oportuna asociación. Ambos fueron los interlocutores y principales aliados de Mallofret. La Leona le proporcionó un caballo.

—Yo misma lo he elegido. Es un buen ejemplar, veloz y resistente, y además... combina con el color de tu pelo —le dijo aquella mujer que había estudiado inglés para alternar con quienes sistemáticamente la ignoraron.

Y los tres, anarquista, terrateniente y líder antihumos —rocambolesca conjunción— recorrieron infatigablemente durante varias semanas, uno tras otro, los pueblos del entorno. No hubo aldea por pequeña que fuese, villorrio o caserío que dejaran de visitar. Mineros y agricultores, todos fueron sumando su apoyo. Pero aún había un sector político con el que contar: los socialistas. Con menos predicamento y seguidores entre los mineros, su vinculación, no obstante, era precisa si se quería conseguir esa gran huelga de repercusión nacional. Mallofret se empleó a fondo. Queda fuera de toda duda su capacidad persuasiva, la filigrana negociadora. Qué admirable equilibrio caminar sobre aquel alambre al rojo vivo sin abrasarse ni caerse, mantener sin enconos a grupos cuyas pretensiones eran dispares y sus doctrinas enfrentadas. Y lo más meritorio, ilusionarlos, despertar y alentar su fe en el triunfo. Aunque fuera por unas semanas. «Hizo —según Blanca— encaje de bolillos.» Y lo bordó.

La reunión definitiva, en la que se fijaron acuerdos, se decidió la responsabilidad de cada cual y se estrecharon las manos, tuvo lugar en la «Villa de la Libertad», Nerva. Allí, una población animosa —aún estaba reciente la brava revuelta de mujeres y su asalto a una panadería— y menos vigilada que Riotinto, tomadas todas las precauciones y ya cerrada la noche de invierno, se dieron cita. Fue en los sótanos de una taberna. La Compañía había creado casinos, más formales, para acabar con las tascas, pero el intento no logró extinguir las bulliciosas cantinas. Y ésta de Nerva la regentaba un personaje peculiar, Rosita. Una enana anarquista. Llenaba hasta el borde el vaso del cliente, lo miraba fija, tal una cobra que lo hipnotizase, y con vehemencia y fogosidad proclamaba:

—¡Los gobiernos son la maldición de Dios! ¡Y La Compañía, la del mismo diablo!

¡Cualquiera no brindaba con ella! Con su gran melena rubia y sus escasos centímetros, con su ardor político y su locuacidad, la enana anarquista resultaba alguien inolvidable. Desde luego mi anfitriona no la olvidó. Cierta mañana, al doblar una esquina, Lucía y su hija casi se dieron de bruces con ella. Cuenta Blanca que quedó fascinada. Por primera vez en su vida veía a una mujer tan pequeña, como una muñeca. Su madre, que la conocía, la saludó y ambas cruzaron unas palabras afectuosas. Pero entonces sucedió algo inquietante, Estrella presionó fuerte el brazo de la niña:

—¡Me ve, me ve! —le susurró nerviosísima al oído—. ¡Ella sí me está viendo!

Al despedirse, Rosita dijo: «Adiós y salud... a las tres.»

Un 6 de enero, festividad de los Reyes Magos, se celebró la asamblea. «Son —comentó Rosita, sentada en un tonel y columpiando al aire sus cortas piernas— los únicos reyes que no me joden.» «¿Por magos?» —preguntó alguien—. «¡No! ¡Porque ya bastante jodidos están ellos con una joroba en el culo desde Oriente!» —y rompió en tal carcajada que, suelta, su melena fue un sauce rubio que la ocultó por completo hasta la cintura—. Al abandonar la taberna, el plan estaba trazado: si La Compañía no ponía fin a la calcinación del mineral al aire libre, si no se terminaba con la manta, la huelga comenzaría el miércoles 1 de febrero y el sábado, día 4, tendría lugar la gran manifestación frente al Ayuntamiento de Riotinto.

La trama resultaba muy compleja: Riotinto era —y es— un pueblo de características absolutamente anómalas en el conjunto, no ya de la provincia o de Andalucía, sino del país. Radicaba —y radica— en él una empresa con poder suficiente para mover ciertos hilos en el Gobierno de la nación. Los mineros, llegados de cualquier punto de la geografía española, formaron —malformaron— una comunidad de aluvión, sin raíces ni tradiciones comunes —parece que continúa sin apenas tenerlas—. La forma de vida, su ritmo incluso, estaba —está— marcada por condicionantes ajenos a los del entorno. Blanca lo definió: una isla. Una isla gobernada por extranjeros. Algo difícilmente asumible por «los nativos». Además de la separación radical que supone Bellavista, la misma localidad responde a una división según clases: el barrio de los de primera nómina, las casas de los administrativos y técnicos, las de los mineros... No es lo mismo vivir en el Alto de la Mesa (he sabido que su verdadero nombre es Mesa Pinos) que en Vista Alegre o en El Valle, cada enclave responde a un nivel en el escalafón laboral y social. Y hay otro elemento condicionante y fundamental: el paisaje.

—Aquí —repite a menudo Blanca— el paisaje es personaje.

Y añade:

—El principal. El que, silencioso, domina la escena. Porque él es el propio argumento y hasta su mismo espectador.

Yo, que sólo llevo unos días, también lo he sentido así, una fuerza muda que resulta aplastante. Ella me explica que este inusual laberinto encierra una idiosincrasia muy, muy compleja:

—Todo es subterráneo. Símil, metáfora de la propia mina. Las cosas no ocurren a la vista, la vida no se abre a la luz. En las grutas profundas de la mina crecen maravillosos vitriolos de inverosímiles colores, teñidas por los óxidos las estalactitas adquieren brillos metálicos verdes, índigos, cobaltos... tintes sorprendentes en estas formaciones, una selva cristalizada, alucinante y secreta. Y bajo nuestros pies, estamos recorridos por túneles, galerías en las que ahora mismo cuadrillas de hombres estarán trabajando para arrancar a las entrañas sus nervaduras de cobre. Pero nada se ve. Mientras el interior se taladra, en la superficie se diría que nada sucede. Ésa es la exacta alegoría de la vida en Riotinto.

Una manera de ser que Laurence Crown desconocía y no se molestó en comprender. Recién llegado, al día siguiente mismo de su venida, tomó una serie desacertada de medidas que a nada conducían más que a exacerbar la tensión ya palpable. Crown quiso no sólo proclamar su autoridad, sino imponer su estilo. Desde el primer instante dejar bien claro a los mineros, pero también ante la colonia británica, quién mandaba y cómo. Y, a la par, demostrar a los consejeros que no habían errado en su elección. Su predecesor, James Terry, le advirtió de lo inadecuado del momento para realizar cualquier tipo de cambios: había pólvora y mecha, faltaba un roce, no más, para que saltase la chispa. Crown no escuchó. Toda sugerencia fue desatendida, ignorada la experiencia. El flamante director veía en aquellos consejos una celada del destituido, un ardid fruto del despecho. Recelaba. Pensó que le tendía una trampa para desacreditarlo ante Londres y, en consecuencia, no sólo perseveró en sus planes sino que sus movimientos fueron exactamente los contrarios de los sugeridos por Terry. Un error. Como terrible, de gravísimas consecuencias resultó la orden de circular los trenes aquel día en que el viento arrastraba por el río y hacia el valle el aliento del Monstruo y era la manta tan densa, tan baja, que había mudado la mañana en una noche artificial. A pesar de las reiteradas advertencias, silbaron las locomotoras. El choque fue brutal. Los dos trenes se encontraron de frente. Y aquel mundo irrespirable, fantasmagórico, se vio de pronto relampagueado por la muerte: «Entre los hierros, bajo la oscuridad salpicada de gritos y resplandores, parecían nacer todos los pequeños afluentes que teñirían de rojo nuestro río. Tu abuelo y mi madre pasaron días sin salir del hospital.»

Aquel horror colmó los ánimos. Y luego, una semana después, como si esa imagen de la sangre fluyendo por la tierra hasta desembocar en el Tinto fuese premonición, vino la crecida del río: a comienzos de enero lluvias torrenciales aumentaron su caudal hasta desbordarlo, agua y fango cubrieron con la crecida vastas extensiones y el limo mineral inundó la cuenca tal si hubiesen arrojado sobre ella un rojo capote. Los mineros trabajaron a destajo para limpiar aquel légamo irreal que, al secarse, parecía una amapola de lacre que sellara el suelo. Se les prometió doble sueldo y cobro inmediato. Las pagas se efectuaban semanalmente, pero ninguna de las de aquel mes se vio incrementada con lo ofrecido. Todo, hasta la Naturaleza, conspiraba. Y el destino, conjurado, se aliaba para acabar, igual que el cauce, desbordándose. Además, Maximiliano había logrado un gran éxito: el Ayuntamiento de Calañas dio de plazo hasta el 20 de febrero para que concluyesen las calcinaciones realizadas en Tharsis, minas enclavadas en su término. Todos los municipios de la provincia afectados por los humos se sumaron. El anarquista reunió a los alcaldes afectos y encabezó junto a ellos la delegación que habría de entrevistarse con los dos concejos primordiales, Riotinto y Nerva, que permanecían impasibles. No sirvió de nada. Bajo la firme presión de La Compañía, los consistorios se lavaron las manos. Aludieron incapacidad legal, una orden de tal naturaleza únicamente podía venir del mismo Gobierno de la nación, pues advertían ambigüedad y confusión en las disposiciones dadas desde Madrid. Maximiliano sabía que ciertamente era así, pero confiaba en que si todos los ayuntamientos de la cuenca más los muy numerosos perjudicados por sus emanaciones presentaban una contundente postura común, el Gobierno no podría desoír la reclamación de prácticamente toda una provincia. De hecho, el ministro de la Gobernación, Albareda, había facultado a las corporaciones locales para decidir, pero nadaba y guardaba la ropa: al gobernador civil le reservaba la determinación final. Unos días antes del plazo dado para iniciar la huelga, intentó quemar el último cartucho y entrevistarse con Crown. No lo consiguió. Cualquier gesto en este sentido, la simple aceptación de una entrevista personal, era inconcebible para el flamante director. «De cuyo árbol genealógico colgarán, como trofeos —decía el pelirrojo—, varias pelucas de lores.» Blanca añade: «Eso suponía transigir, rebajarse, mostrar debilidad. No. ¿La RTC, imprescindible pilar económico de esa pintoresca península del sur, sentándose a negociar con un revolucionario expulsado de Cuba?¿Silverson and Company, un emporio financiero, de tú a tú con cuatro pelagatos, cuatro muertos de hambre?»

Y en este punto del relato aparece Manuel (con exactitud: reaparece, Blanca recuerda que me indicó su árbol, una morera, y que ya lo nombró cuando su escapada circense), un personaje, para mí, conmovedor. Manuel Rincón. Intento oír su nombre en la voz de mi abuelo. Bajo disfraz, aseguraría que también estuvo presente en alguna de sus historias (como he creído reconocer en Rosita a la extraña de largos cabellos: «Llegó por el túnel invisible que comunica las minas y la Luna. Una figura diminuta y pálida como una princesa oriental. Destilaba licores con yerbas de otros planetas y para seguir viva precisaba beber cada noche las aguas prohibidas del Tinto, pues sus fluidos misteriosos la protegían de los peligros que para su naturaleza entrañaba el aire de la Tierra»). Pero, desde luego, en aquellos cuentos no fue teniente de la guardia civil de Riotinto. Ni primo de Lucía. Y lo era. También el hombre al que, a riesgo de hacerlo partícipe de los planes, ella acudió para que sirviese de intermediario. Qué importaba, ya en marcha, nada podía detener aquel complejo engranaje. Y en cualquier caso era de suponer que algo sabría, no todos los detalles —puesto que la trama se tejió con el mayor sigilo—, pero lo suficiente. Si hasta el momento no había intervenido, de su prudencia podría deducirse, si no complicidad, sí comprensión. Lucía y su primo jugaron juntos de pequeños, alguna vez pasearon de la mano y una noche de san Juan, hasta un torpe beso adolescente hubo cerca del cementerio inglés. Eso fue todo, escarceos de la sangre joven. Luego, sus vidas siguieron caminos diferentes. Lucía se casó; Manuel, no. Ella no vio con buenos ojos su entrada en la guardia civil, él rechazaba su relación con Maximiliano Mallofret, y desde que el anarquista pisó la casa de Lucía, el teniente dejó de hacerlo. «A pesar de eso, mi madre —afirma Blanca— estaba segura del cariño entre ellos. Las circunstancias —decía— nos colocan de esta orilla o de aquélla, pero el sendero es uno, el mismo, y a los que vamos un pasito a pie y otro andando, el polvo nos ensucia igual las alpargatas.» Lucía decidió no informar a Maximiliano del encuentro y solicitó de su primo igual discreción. Y algo más: le rogó que interviniera. Temía algo malo. Presentía tragedia. Como representante de las fuerzas del orden público, tal vez a él sí lo recibiese míster Crown.

Cuando el teniente, pulcramente uniformado, traspasó el umbral y, acompañado siempre por aquel sigiloso hindú cruzó el pasillo y se detuvo ante la puerta de roble del despacho de míster Crown hasta que a los medidos golpes del criado una voz firme respondió: «¡Adelante!», intuía lo inútil de su entrevista. Pero, con todas sus fuerzas, ansiaba equivocarse. Entró a una amplia habitación. Media luz. Cuero y madera. Al fondo ardía la chimenea. Dos objetos situados simétricamente a derecha e izquierda del hogar llamaron su atención, un globo terráqueo y la magnífica esfera armilar. Míster Crown, aparentemente absorto en la tarde plomiza que borraba en gris el paisaje tras los altos ventanales, permanecía de espaldas. Tardó unos segundos en volverse. Y al hacerlo, como todos los que ya habían estado en su presencia, el teniente Manuel Rincón no pudo sustraerse a un momento de estupor: se encontraba frente a Maximiliano Mallofret. Ante su envés. Cara a cara con alguien que, en verdad, ningún rasgo físico copiaba al anarquista. Ni boca ni nariz ni mentón... Y sin embargo, algo latía ahí, secreto pero tan intenso que traspasaba la apariencia y, más poderoso que la fisonomía, afloraba —oscuramente similar— más allá de la piel. No le ofreció asiento. La entrevista se desarrolló con ambos en pie. Le habló el español —«Como civil, que es inseparable, en lo que soy, de guardia»— de la dureza de la vida diaria en la mina, de necesidades básicas, de la crispada situación y la urgencia de unas negociaciones. Por el bien de todos, con el debido respeto, le rogaba encarecidamente que considerase con Londres la posibilidad de llegar a un acuerdo beneficioso y justo para ambas partes.

Del cajón superior derecho de su intimidatoria mesa, Crown extrajo cuidadosamente un papel. Se lo hizo leer en voz alta al representante de la Benemérita:

—Prohibición de la calcinación del mineral al aire libre.

—Reducción de la jornada de sol a sol por la de ocho horas.

—Supresión del descuento de 1 peseta de la paga semanal para asistencia médica.

—Supresión de multas.

—Supresión de las 2 pesetas con 50 céntimos que se deducen al operario por extraviar la libreta en la que se apuntan sus anticipos.

—Relevo del jefe del departamento de contratos y prohibición de los mismos en las condiciones actuales.

—Indemnización al trabajador incapacitado por accidente laboral y, en caso de fallecimiento, para los familiares directos a su cargo.

—Supresión de los cuartos y medios jornales que se descuentan al trabajador cuando éste no puede faenar porque está la manta.

«Los días que los humos impedían trabajar eran, además, deducidos en parte del jornal» —me aclara Blanca al comprobar mi sorpresa, y me detalla la conversación entre el director y su pariente. En realidad, tras las primeras consideraciones del guardia civil, un sibilino monólogo de Crown:

«Y aquí tengo las peticiones de los barreneros de San Dionisio: subida de 16 reales como mínimo; de los de Filón Norte: que el jornal más pequeño sea de 4 pesetas arriba y, si es por contrata y no se saca esa cantidad, que se abone hasta dicha reclamación; de los saneadores de las cortas, de los trabajadores de cementación, lavadores y zorrilleros, limpiadores de balsas, conductores de cáscara a los pilones, peones de carga, escorieros, zagales... ¿Quién más?, ¿qué más? ¿Queda alguien aún por plantear sus exigencias hasta exprimir, hasta secar la Company? ¡Sí! ¡Por supuesto! Faltan las operarias de fundición vieja. ¡Incluso las mujeres reclaman! Aumentos, prestaciones, abonos, pagas... Y subidas, subidas, subidas. ¿Y como compensación cuál es la oferta de la otra parte? ¡Ninguna! Todo el peso en un solo platillo de la balanza, siempre el mismo. Únicamente leo y escucho "suprimir, indemnizar, prohibir", demasiados términos coercitivos, amenazantes, imperativos, ¿no le parece, sargento? Perdón, teniente. Las condiciones de vida, las condiciones de trabajo... usted conoce, y obviamente mejor que yo, los jornales del campo, ¿cuánto ganan?, ¿siete...?, como máximo, ocho reales al día, no más. ¿Y cuál es la media aquí? ¡El doble! (Blanca apostilló: "Por supuesto se cuidaban mucho de que supiéramos que en las minas inglesas pagaban un 20 % más que en España.") No por recién venido ignoro lo que sucede, sé que una considerable parte del sueldo se malgasta en las tabernas y, digamos, el alegre entorno. Créame, una desgracia que la Rio Tinto Company lamenta. Desde Londres se ve con gran preocupación y no se descarta tomar las necesarias medidas por el bien, naturalmente, de las propias familias mineras (Blanca hace hincapié en el "paternalismo castrante" que La Compañía ha ejercido siempre: "Ese paternalismo caló profundo y hoy es ya una lacra en la vida de este pueblo, La Compañía es el principio y fin de toda iniciativa"). Y, dígame, ¿se han detenido siquiera un momento a pensar dónde encontrarían, por ejemplo, una atención médica similar o la seguridad de un puesto de trabajo para sus hijos? Proporcionamos casas, un economato, ¿no le dicen así?, donde comprar a precios muy asequibles con el cupón-dinero, hay escuela, ferrocarril, pagos ex gratia en caso de accidente (una media —me informa Blanca— de doscientos anuales), en fin, un desarrollo industrial incomparable en toda la región. La Compañía, como sé que ustedes la llaman, es ya el siglo XX, mientras el entorno —miren a su alrededor, cotejen—, lo que yo denominaría *las afueras de La Compañía*, permanece varado en el XIX. Problemas, claro que hay problemas, ¿la vida no lo es? Personalmente he comprobado los registros: en los últimos años se ha dado entrada a miles de trabajadores procedentes de los más remotos lugares, muchos de ellos agricultores, y usted, que ha recibido una formación, una disciplina, no ignora que las exigencias de la explotación minera son muy diferentes al ritmo laboral del campesino. Acostumbrados a su trabajo cíclico, no saben adaptarse a éste, riguroso y sistemático. Y lo temen (Blanca me cuenta que el ansia por subir en la primera jaula y salir de la mina al exterior —¡a la luz!— generaba tal angustia y creaba tales trifulcas que en los pisos de relevos colocaron puertas con afilados pinchos y un estrecho vano, sólo con los centímetros justos para permitir la entrada de uno en uno). Súmese el incompresible rechazo que sienten a acatar órdenes de un extranjero, aun cuando esté mejor preparado, y tendremos el caldo de cultivo de todo este desatino. He ahí las fuentes del problema. Y esas fuentes las envenenan cuatro agitadores, anarquistas entrenados para desequilibrar la sociedad y lograr la destrucción de todo orden: social, religioso, político, moral, nada queda fuera de su loco afán, sólo importa la aniquilación del Estado. En nombre de una ficticia libertad, bastardo libertinaje, y de una forma pervertida de existencia, lo que en verdad se procura es la llegada del caos. De un caos provechoso para ellos. Están aquí, infiltrados, manejando a su antojo a incautos, administrando con astucia la envidia, sacando aviesamente provecho del rencor de unos pocos. Y no creo necesario tener que recordarle, teniente, a qué y a quién sirve su uniforme y, por tanto, el peligro que implican esas ideas no sólo para esta gran empresa sino para los altos valores que su uniforme conlleva y que usted, como su digno representante, tiene la obligación, el deber y, sobre todo, el honor de defender. Esta misma mañana hemos sabido que con tal de conseguir sus propósitos —y no se engañe, en modo alguno son los que proclaman en sus mítines—, los anarquistas, comandados por ese diablo que su propio Gobierno expulsó de Cuba, no han tenido reparo en aliarse con sus enemigos: socialistas y terratenientes. Y en tal alianza impropia ha entrado también esa Unión Antihumos. ¿Sabe cuál es el fin último de los antihumistas? Yo se lo diré: la nacionalización de las minas, ¡la expropiación! Teniente, la Rio Tinto Company proporciona a este país el mayor número de puestos de trabajo, la inversión realizada en unos pocos años ha sido colosal, ¿creen los mineros ingenuamente que todo son beneficios y que las medidas que proponen, qué digo proponen, exigen, son asumibles, todas y de inmediato? He aprendido un refrán español: no hay que matar a la gallina de los huevos de oro. ¿Acabar con las calcinaciones? La mina cerraría. ¿Reducir la jornada pero subir los salarios? Cerraría. Silverson and Company tiene contraídas obligaciones financieras, poderosos compromisos que saldar, no existe esa fabulosa rentabilidad que los agitadores quieren hacer creer a quienes, cándidamente, y desconocedores del mercado y las finanzas, les prestan oído. Muy al contrario, en estos momentos es preciso una explotación intensa y permanente, porque en los últimos años las fluctuaciones del mercado y la rivalidad de las nuevas minas de Norteamérica son un reto. Nuestra continuidad depende de una total eficacia para poder competir, y tal requiere una entrega sin días, más, sin horas que perder, para asegurar el presente. Y en él, con él, el futuro de todos cuantos honesta, honradamente, trabajan y quieren seguir trabajando en unos yacimientos llamados a ser algún día —si no lo impiden barbaries como ésta— los primeros, los más grandes, los más importantes del mundo. Las minas de Riotinto. Es todo, teniente. No dudo de que me ha comprendido perfectamente y será fiel portador de mis palabras.»

Antes de que los dedos del español alcanzaran el reluciente picaporte, desde el otro lado, como en respuesta puntualísima a una orden intuida, el sirviente hindú abrió la puerta y con un suave gesto le indicó que le acompañara. «Al salir —le contaría después a Lucía— agradecí como nunca el frío que cortaba la cara.»

Era —concluyó Blanca con las pupilas dilatadas— el último lunes de aquel enero de 1888.

He celebrado el más insólito cumpleaños de toda mi vida: hasta olvidé ese 4 que inaugura una década que tanto me asusta. Aunque echo de menos a John y Helen, he logrado no pensar en Richard. Me he sentido bien. ¡Pero cuánto daría ahora por una gran bañera de agua bien caliente, rebosante de espuma, y un buen bourbon con hielo!

15 de abril de 1952

Continúo contándole a Katherine (escucha muy atentamente e incluso me ha pedido permiso para tomar notas —apunta todo, palabra por palabra, en un cuadernito de pastas doradas—, yo intento evitar expresiones que puedan resultarle incomprensibles. No lo logro. No. Me resulta imposible estar pendiente y controlarme durante toda la conversación, olvido que hablo con alguien que, aunque se expresa con enorme soltura en mi idioma, no es el suyo. Pero es vivaz, inteligente y, si algún término se le escapa, lo deduce del sentido general que, no me cabe duda, lo capta sin el menor problema). Y me sorprendo: la memoria es como una fila de naipes, empujas uno: caen los demás. Momentos, cosas, hechos que tenía olvidados, vienen de pronto, certeros, fieles igual que Shadow —está mejor, bastante mejor— a mi silbido. Los veo con precisión, cruzan diáfanos el tiempo y se me aparecen como si hubieran sucedido ayer mismo. No, con más exactitud, porque desde hace unos años compruebo que recuerdo con superior facilidad sucesos de mi infancia —a veces, con todo lujo de detalles— que lo que cené anteayer (¿qué fue, por cierto?).

La cicatriz no falla: ha vuelto la tormenta. El alféizar blanco de granizo me trajo la imagen de mi colección de pisapapeles, bolas de cristal que al invertirlas se llenan de una falsa tempestad de nieve. Es el único lujo —¿y eso es un lujo?—, mejor el único capricho (los libros no lo son: ni lujo ni capricho) al que di mi dinero. Nunca pude resistirme: las veía en cualquier bazar y paseaba calle arriba, calle abajo, cruzaba de acera, daba la vuelta a la manzana y qué va, nada. Hasta en la Cochinchina sabían que esa infantil, esa fabuladora de Blanca Bosco acabaría haciendo lo de siempre: entrar. Comprarla. Aunque necesitase más unas medias o unos guantes. Pero no, más no; ¿más por qué? Si yo salía de la tienda feliz con aquella magia en mis manos: un corazón de vidrio que contenía una nevada, un corazón frágil —¡enamorado!— y que, al darle la vuelta, dejaría caer muy suavemente, casi ingrávidos, sus copos. En Madrid o en los primeros meses —tan difíciles— en México me fue más necesaria la ilusión de su breve ensueño que un traje nuevo, más su diminuto mundo redondo en el que fantasear, que una invitación al mejor restaurante. En esas pompas maravillosas como planetas de cristal (con árboles, casas, parejas que danzan, delicados ángeles que portan otra esfera igual en la mano... y que un solo movimiento nuestro hace desaparecer bajo un manto puro) yo miro y me veo, yo miro y sé que estoy.

Que no se me olvide enseñarle la colección a mi invitada. Hoy me he fijado y luce un buen color de cara que no tenía cuando llegó, su aspecto es más saludable. Y, aun así... está en los huesos. Quizás sea su constitución, no sé, yo la encuentro demasiado delgada (pensará que soy una maniática de la comida, pero lo único que intento es cocinar cosas ricas, por ella. ¡Si supiera cuál era nuestra «dieta» en esos tiempos que tanto le interesan! Cebolla, pan y alguna fruta, a mediodía; por la noche, un plato de arroz o de verduras con tocino y, como lujo, pescado, si venía de Huelva ¡y al catre!). He observado que cuando algo la emociona o la pone nerviosa enciende compulsivamente un cigarrillo, en el camino de regreso del Zumajo perdí la cuenta de cuántos fumó. La culpa ha sido mía. Sin querer, pero mía. De su padre me había hablado en algún momento (intentó mi lejano amigo que su hijo continuara sus pasos y estudiase medicina: imposible, no sentía afición alguna por jeringuillas y bisturíes, más bien todo lo contrario —«Una desilusión para mi abuelo»— y se inclinó decididamente por las leyes: William White, brillante abogado, varios procesos famosos y muy comentados éxitos) pero, extrañada de que nunca la nombrase, le pregunté por su madre.

—Ésa es una herida abierta —lo dijo tan bajito…

—¿Qué?

—Una herida. Y abierta.

Me excusé, intenté cambiar de tema. Pero quiso seguir. Supuse que se trataba de falta de entendimiento, de malas relaciones. Estaba rotundamente equivocada. Katherine y sus padres siempre se han profesado un cariño grande, sin fisuras. Incluso, tras su boda, permaneció muy unida: «Mamá, ¿qué me pongo para ir a la cena con…?, ¿habéis leído ya lo que dice hoy en su columna ese viejo zorro de…?, el domingo podríamos coger el coche…» Y continuas visitas, tardes de té y teatro, conciertos, compras juntas… «Entre mis padres, milagrosamente vivo como el primer día, el amor. Papá —le decía—, con los años te estás volviendo gruñón y cascarrabias, pero cuando la miras se te cae la baba.» El respetado jurista todavía contemplaba a su esposa con embeleso, con arrobo. «Mamá era elegante, alegre, vital, la envidia de todas mis amigas, y dotada de una hermosísima voz para el canto.» Pero con una afición que a mí me pone los pelos de punta. «En una especie de invernadero, estaban los terrarios. Y dentro, las serpientes. Pasaba largas horas contemplándolas. Muchas veces, siempre en tardes de lluvia, se dirigía allí con aquel vestido que diríase sacado de un cuadro de Gustav Klimt, y cantaba.» Mientras Katherine me hablaba, yo la veía: sola, el traje de Klimt, una voz pura subiendo, elevándose limpia... y las gotas resbalando por los vidrios emplomados del invernadero. Ese invernadero que atesoraba no rosas, no orquídeas: urnas de cristal con fríos ofidios de pieles irisadas. Y los enigmáticos, los tentadores, parecían escucharla, comprender. Pero comprender algo que estaba más allá del simple entendimiento del acto y el momento, algo que enmascaraba su armonía tras la línea del fatuo horizonte de los sentidos humanos, la matemática inocente, el quebrado virginal de los seres que reptan, la musicalidad de sus eses como una sucesiva constelación creciente, el universo que abandona y contiene la muda de su piel, la hipnosis de la muerte y el deseo, la belleza de los malditos, su signo y sugestión, ese misterio inmaculado que tememos y anhelamos como una seducción, sacaba su lengua bífida y fijaba sus verticales ojos amarillos en aquella figura que parecía recoger y proyectar en su voz las luces rotas de la tarde. Y a quien se extrañaba, le respondía:

—Lo raro es coleccionar sellos.

Hace seis años y medio Jacqueline comenzó a sufrir esporádicas enajenaciones, luego, períodos cada vez más frecuentes y prolongados en los que su mente, nublada, se perdía en algún lugar inaccesible, vedado. Entraba en lo oscuro. De repente, por ejemplo, se obsesionaba con un color, el morado, y se negaba a ingerir ningún alimento que no fuese de ese tono. O quería que empapelasen las paredes de su cuarto con las páginas de *El sueño de una noche de verano*, la obra de Shakespeare. Perdía la conciencia del tiempo y el espacio, ignoraba dónde se hallaba o qué día era. «Lo más doloroso fue cuando comenzó a olvidarnos a nosotros, a papá, a mí. Había momentos en los que no nos reconocía. No sabía quiénes éramos.» Una madrugada Jacqueline se levantó y destruyó los terrarios, rompió los cristales de sus urnas y, descalza como estaba, se cortó repetidamente los pies. Afortunada —y milagrosamente— los reptiles ni la mordieron ni abandonaron el invernadero. «La policía los abatió a tiros ante los gritos aterrados de mi madre que, ya en sí, comprendía qué había hecho y miraba su sangre tibia y la fría de los animales mezcladas en el suelo.» Los momentos de enajenación —Katherine jamás ha pronunciado la palabra «locura», ni siquiera «demencia»— se encadenaron como eslabones y la cadena se enroscó, ya sin fin ni principio, en sí misma. Entrar en su memoria era como si fueses abriendo una tras otra —y al final, violenta, desesperadamente— las puertas todas de tu casa y, al otro lado, las habitaciones estuviesen vacías. Y de par en par los roperos, extraídos los cajones, ropa ninguna contuviesen, ni siquiera, olvidado, un pañuelo con iniciales a las que asirse para flotar en medio de tanto expolio, éxodo de toda evocación, exilio de la nada. Hasta su propio nacimiento se devoraba como restos de una placenta arrojada a los perros. Hoy Jacqueline Shaw permanece recluida en una clínica. Desde el internamiento, su marido ha envejecido rápidamente. Refugiado en su fervor por las antigüedades, no sale de casa excepto cuando acude a verla. Todos los domingos, William White recorta su barba gris, viste chaqueta y pajarita y lleva bombones de menta y chocolate y un ramo de flores a su esposa. Cuando su hija la visita, la interna de la habitación pintada de azul la contempla como a una desconocida. Es como si, transparente Katherine, los ojos de Jacqueline cruzasen a través del cuerpo que está enfrente: «Fija en mí, pero perdida la mirada, me atraviesa como luz al cristal, y yo sé que está viendo paisajes del otro lado, que no me pertenecen, paisajes a los que se me veda la entrada.» Katherine sale de allí prometiéndose no volver, dándose razones para ello, convenciéndose de la inutilidad de ese sufrimiento. Pero regresa. «En alguna ocasión, al marchar, cerrada ya la puerta de su cuarto o al alejarme, tras pasear a su lado bajo los robles que rodean el edificio, escucho de nuevo su voz: canta, mi madre está cantando.»

Noté que tiritaba y le eché mi saquito por los hombros. Pero no supe qué decirle.

Esta noche Katherine ha bebido varias manguaras. Ay, me intranquiliza su afición al alcohol. ¡Pero, bueno... qué es esto! ¿Quién te has creído tú que eres? ¡Valiente vieja rabúa te estás volviendo, Blanquita Bosco! Vamos, que ha sido su cumpleaños y no le hacía ninguna gracia cumplir 40. Y encima tendrás que reconocer que celebrarlo aquí, con Matusalén, no es desde luego lo más apetecible. Además, ¿qué haces tú cuando llega el tuyo o Nochebuena y estás sola? Aunque digas de boquilla que es una sensiblería, que se trata de una noche como otra cualquiera, ¿qué haces tú, eh, qué haces? ¡Hincharte de pasteles! ¡Ponerte como Sabó de dulces! Eso porque no te gusta empinar el codo, que si no te la cogías, seguro. Así que cada uno con lo suyo. Y no censures tanto, criticona, paja en el ojo ajeno, deja a la criatura que se achispe un poquito. La dejo, la dejo... pero no lo puedo evitar, me preocupa, sigo percibiendo el arcanabarí: y no viene de lo que me ha contado esta tarde. No. Es otra cosa.

—Buenos días, ¿descansaste?

Eran las primeras horas frescas de la mañana. Blanca se había levantado temprano para reparar los daños causados en las plantas por la furiosa granizada nocturna.

—Sí, muy bien, gracias. Pero usted ha madrugado.

—Aún se me adelantó Daniel.

—¿Ya se fue?

—Sí.

—Lástima. Me gustaría conocer a un centauro.

—Si se entera de que lo he contado... Tenía prisa, iba con su padre al médico, dice que el viejo lleva unos días pachucho, perdona, algo enfermo, y que por eso no se quedó ayer, teme dejarlo solo; cuando salí ya estaba terminando de colocar las cañas a las tomateras. Todavía beberé gazpacho este verano, pero las flores... qué pena, mira estas clavellinas.

—Creo que voy a seguir los pasos de mi abuelo y cambiarle también el nombre.

—Y las glicinias... ay, estaba distraída, ¿qué decías?

—Nada, que la voy a llamar Sherezade.

—Ya sé por dónde vas, lo cierto es que contando ayer un poquito, hoy otro, retengo a la nieta de míster White a mi lado. No me importa vivir sola, ya te lo dije, ni me entristece ni me asusta, lo elegí. Pero de vez en cuando... poner de nuevo cubiertos para dos en la mesa, dar los buenos días al levantarse, sorprenderme con sonidos diferentes a los de mi propio eco y que algo, un vaso, el cenicero, cambie de lugar en la casa sin que sea yo quien lo mude... —la anciana se dio un cachete en la mejilla—: ¡Calla ya, que te estás poniendo sentimentalona y chocha! De modo que Sherezade, ¿eh?, espero entonces ser merecedora del indulto.

—Soy yo quien le agradece profunda, comovedon... *I cannot find the word,* comovedonramente, no se dice así tampoco, ¿verdad? Lo que intento explicarle es que no imagina cuánto bien me hace su compañía.

—Intuyo en tu tono un «pero».

Katherine hizo un significativo gesto.

—Claro... me hago cargo. Bueno, así tendré la oportunidad de practicar mi inglés: *bye, good-bye*, la pronunciación no es de Oxford, lo sé. ¿Y cuándo...?

—Me temo que pronto.

—¿Cómo de pronto?

—Mañana debo regresar a Bellavista. Y pasado marcharme.

—¿Ya?

—Este viaje fue un impulso, un arrebato, después de tantos años, no lo pensé. Cuando quise darme cuenta estaba deshaciendo la maleta en un hotel de Madrid. Dejé asuntos pendientes.

—No te preocupes. Las personas, no; pero los asuntos, por desgracia, esperan siempre.

—Aún dispongo de unos días, pero antes de partir quisiera dedicar una jornada a... —abrió de par en par los brazos— a todo esto. El paisaje idealizado de mi infancia. Y ver el vagón del maharaja de la India...

—El coche-cama más lujoso del viejo continente. Maderas nobles talladas, buen cuero en los sillones reclinables... ¡y hasta cuartos de baño!

—Y los restos romanos y el río a su paso por el puente de los cinco ojos... y no me puedo ir sin admirar de nuevo Corta Atalaya. Ah, y subir a las Tres Águilas.

—Mucho quieres tú hacer.

—¡Espero que me dé tiempo! Luego, y ya que no estoy lejos, me gustaría aprovechar para visitar Sevilla, quizás llegar hasta Granada.

—Procúralo, te alegrarás, es mi favorita. Mañana pues...

—Sí, recogeré el grueso del equipaje que dejé en la Casa Consejo, pasaré allí la noche y, al amanecer me despediré del «ojo vacío del Cíclope», de los «círculos de Dante».

—Entonces debemos darnos prisa. Ven.

Blanca la condujo a la sombra del porche.

—Bajo esta parra comenzó nuestra plática el primer día. Aquí estaremos bien. Pero aguarda un segundo, voy a poner la radio. Hoy hay concierto, nunca me lo pierdo, ¿puedes creer que Riotinto no entra en las giras de las grandes orquestas? ¡Qué tendrán Roma, Viena o París que no tengamos nosotros! ¡Siglos de historia nos contemplan! Es, quién lo duda, una afrenta, otra oscura confabulación judeomasónica. Lo cierto es que estas emisiones son mi única oportunidad de escuchar —aunque mal— música. Con los libros, mi gran debilidad. ¿Y sabes qué me gusta muchísimo también? ¡El cine! Con decirte que me trago hasta el No-Do... Ni falta que te hace, sale el Ísimo pescando, cazando, con un sombrerito como tirolés, o inaugurando pantanos... y también son mucho del «Día de la raza» y Ava Gardner en los toros. ¿A ver si adivinas cuál fue la primera película que vi en mi vida? *Cumbres borrascosas*, ¿la has visto? ¡El cine es un milagro! Sonido e imágenes en movimiento, fascinante. El séptimo arte va a ser el primero en los próximos años.

—Se llevaría usted muy bien con John, mi hijo piensa exactamente lo mismo. De hecho, desea trabajar para el cine, no, actor no, como director de fotografía.

—Déjalo, si eso es lo que le tira, déjalo. ¡Qué interferencias! Para no faltar a la costumbre no consigo sintonizar bien la emisora. Lástima, creo que daban *La Creación*. Ay, ya... sí, sí, ahora parece que se escucha mejor. Haydn.

Katherine permaneció sentada en aquel poyete, en la pequeña grieta terrosa de la unión de su base con el suelo, habían brotado unas violetas. Al sur, presentía las aguas quietas del Zumajo; al norte, las piedras ancestrales de las Tres Águilas. De la casa llegaban las notas del oratorio y el trajinar de la anciana y su voz regañando de vez en cuando al perro: «¡Deja de ladrar, guau, guau, guau, no hay quien pueda escuchar nada cuando te pones así de impertinente!» Aspiró hondo. ¿Qué podría estar haciendo ahora mismo en Londres? A esta hora cuando estaba Richard...

—Aquí traigo lo más parecido que he encontrado a un desayuno inglés. Vamos a necesitar fuerzas, sobre todo yo.

—Bajo el dintel, Blanca sonreía con una gran bandeja en las manos: huevos revueltos, pan tostado, unas lonchas de jamón... y la tetera, el azucarero de zinc algo abollado, las tazas de aquel primer té juntas. El tornasol ultramar de la porcelana brillaba bajo la luz purísima.

—*What a surprise!*

—En tu honor. ¿Yo? ¡no desayuno así en mi vida! Prueba esta gloria bendita. Auténtico manjar de dioses, y no esa cosa de york rosácea, cocida, saboría. Éste es de la sierra, ibérico, auténtico jamón de bellota.

—No entiendo.

—Da igual. Tú come. Bueno, ¿y dónde nos habíamos quedado?, ¿dónde estábamos? ¡Quieto, perro glotón, esto no es para ti!

—La entrevista del teniente y el flamante director.

—Sin éxito. Crown no estaba dispuesto a perder, recién venido, su primera batalla. Por el contrario, quería ofrecer a Londres una rendición sin condiciones. Manuel (¿te he comentado que Daniel se le parece bastante? Moreno, con músculos largos y rasgos muy marcados, muy viriles, me lo recuerda muchísimo), tras la entrevista, habló de nuevo con mi madre y ella con Maximiliano. Por supuesto, no le dijo que aquel encuentro fue iniciativa suya. Sólo que su primo había intentado apaciguar la situación con míster Crown sin resultado alguno: la respuesta seguía siendo la misma que las sucesivas delegaciones habían recibido en cualquiera de sus intentos de negociación. Febrero comenzó con la huelga. El día 1, miércoles, cinteros y guías se pararon y las jaulas quedaron suspendidas: nadie bajó a la mina. (Alguna vez me he preguntado si la tierra, al quedar vacía, echará de menos a esos hombres que dentro de ella, en su secreto, allí donde el calor es asfixiante, la taladran casi desnudos —mandil de cuero, botas y faja a la cintura es toda la ropa en contramina— y la escarban y violentan y ahondan sus entrañas.) Los malacates, solitarios, parecían el formidable esqueleto de un ave prehistórica, monolitos de otras civilizaciones. Tornos, locomotoras, perforadoras, convertidores de la fundición, canales del cobre, picos, palas... todo detenido, en silencio. Saneadores, torneros, picadores, terreros, barcaleadoras, zafreros... todos, de mano. Acostumbrados a los silbidos de los trenes, las voladuras, los relevos con el paso bullicioso de los hombres, y —más presentidos que escuchados pero siempre acechantes— a los latidos subterráneos, a la canción de la tierra, hechos a esos ecos de fondo, aquella mañana nos creímos sordos. El silencio aplastaba al pueblo. He dicho todos pararon y no es verdad. Veinte o treinta esquiroles (entre ellos, Sayago y Dimas Ponce, dos reconocidos chivatos de La Compañía que, tiempo después, acabaron mal: cosidos a puñaladas en la cuneta de un camino) acudieron al trabajo. Pero al día siguiente, la presión y el recibimiento de que fueron objeto al cruzar las calles de vuelta del tajo, los hizo desistir de su actitud. Miércoles y jueves la cuenca parecía una zona fantasma. Las instalaciones abandonadas, los raíles de las vías perdiéndose en el confín sin que ninguna Garrat arrastrara por ellos sus bateas, las gentes refugiadas en sus casas, desiertos los pueblos. Únicamente, agrisando el cielo, el perenne humo sulfuroso de las teleras que aún acentuaba más aquella sensación de quietud espectral. De quietud exterior, falsa: todo hervía. Laurence Crown, en vista del rumbo que tomaban los acontecimientos, decidió informar a Londres. Desde la distancia de los despachos restaron gravedad al asunto: necesidad de un poco de fanfarria, brabuconadas anarquistas, fogeo del socialismo al que urgía hacerse notar; pero tras el ruido (incluso conveniente de vez en cuando para descargar tensiones y apaciguar ánimos: como el berrinche de un niño), todo se desinflaría. Igual que en otras ocasiones. Y entonces, y sólo entonces, se podría conceder alguna petición. Por supuesto, no el fin de las teleras, tal vez el relevo de los jefes de ciertos departamentos, acaso la reducción de las multas por extravío de la libreta de anticipos... aunque, eso sí, siempre —y esto era estrategia básica pero fundamental— pasados unos meses, para que no se interpretase como cesión, sino como generosidad. Calma, imperturbabilidad. Todo entraba dentro de la habitual tabla de mareas sociales. Tranquilizaron a su gerente, le recomendaron serenidad y firmeza y sugirieron que le recordase a ciertos cargos políticos, militares y civiles el nombre de la Rio Tinto Company. Entre ellos, al gobernador civil de la provincia. Don Néstor Ulloa ya estaba al tanto de la huelga, pero ignoraba la verdadera magnitud del problema. O probablemente, ante lo incómodo de su posición, no quería darse por enterado. Como a Crown, Manuel había tratado de detallarle puntualmente la situación y hacerle partícipe de sus temores. Era preciso que comprendiera que aquello se había transformado en un polvorín, aumentaba la tensión por momentos y todas las fuerzas de las que disponía se limitaban a diez guardias civiles, de los que uno, además, se hallaba enfermo. Nada pudo hacer el teniente para impedir que, descubiertos de nuevo algunos hombres trabajando de noche en un departamento, un grupo de huelguistas redujeran por la fuerza a los guardias de la empresa que custodiaban la entrada y, airados, penetraran en tromba, increpasen a los esquiroles y los obligaran a unirse a ellos. Y luego, envalentonados por la protección que infunde la masa, destrozasen cuanto hallaban al paso. Ya se sabía que el sábado una manifestación uniría a todas las fuerzas congregadas por los distintos sectores contrarios a La Compañía, y mineros, agricultores, ganaderos marcharían sobre Riotinto. Los numerosos damnificados iban a concentrarse, junto a los trabajadores de la cuenca, ante el Ayuntamiento para exigir el fin de las teleras. El gobernador, al que recuerdo bajo y rechoncho, calvo y con poblado mostacho, jugaba en el damero de La Compañía, su alfil —ni eso— en Huelva. Atrabiliario e imprevisible, Néstor Ulloa era un ser ruin, halagador de sus superiores, intransigente y déspota con sus subordinados. Nogales, el periodista, me decía que estaba obsesionado con su pulcritud, con presentar siempre un aspecto impoluto, pero sus kilos de grasa lo hacían sudar continua y copiosamente. Las manos —con un ostentoso sello de oro, famoso en los prostíbulos— resultaban, al estrecharlas, húmedas y pegajosas. Eso lo irritaba, lo martirizaba, y en los cajones de su despacho escondía frascos de colonia y camisas. Más popularidad que el anillo alcanzó su perro, un bulldog del que se hacía acompañar a todas partes. Los onubenses no tardaron en sacar chistes sobre el aspecto de la pareja: «Son —cuchicheaban a su paso— padre e hijo»; «Ya, ¿pero quién es quién?». Enfrascado a saber en qué historias, el gobernador desatendió tanto los telegramas remitidos por el teniente como los enviados desde el Ayuntamiento de Riotinto, sólo cuando la firma del director de las minas estuvo en un papel sobre su mesa, se decidió a intervenir. Como refuerzo —anunció— treinta guardias civiles llegarían en tren desde Huelva; el apoyo solicitado a su ínclito camarada, el gobernador civil de Sevilla, daría, a no tardar, su fruto: podría contarse con un escuadrón de caballería y soldados del Regimiento de Pavía. Y tajantemente rechazaba la dimisión que el consistorio riotinteño en pleno había presentado, acobardado como siempre y débil. Nerviosos e incapaces, alcalde y demás concejales querían quitarse de en medio ante la magnitud de su responsabilidad.

Mientras tanto, ninguno de los protagonistas fundamentales de aquellos sucesos permanecía inactivo. Crown hizo venir al juez de Valverde del Camino para que atestiguara el cariz sedicioso y vandálico de la huelga —pruebas materiales: intimidación a los trabajadores, destrozos en el departamento, agresión a los guardias, pasquines subversivos repartidos...— y prendiese a los líderes y culpables. Pero su señoría, tras decir sí a todo, consciente ya de la envenenada situación y valorando más su trasero que el sobre con billetes, tomó declaración únicamente al responsable de la Benemérita y regresó por donde había llegado. Crown entonces convocó al personal británico: se desaconsejaba salir de Bellavista, nadie, hombre, mujer o niño, debía traspasar el recinto murado, y añadió algo que no disimulaba ya la gravedad del momento: se les autorizaba a tener a mano y cargadas sus armas, si carecían de ellas, la armería de la RTC se las proporcionaba junto con abundante munición. Por su parte, Manuel intentaba sin éxito negociar con los huelguistas una salida al conflicto, se multiplicaba en los centros de reunión, se ofrecía a entrevistarse de nuevo con el director, ir a Huelva y hablar personalmente con Ulloa, enviar telegramas a Londres y a las altas instancias políticas... lo que hiciese falta, lo que fuera preciso con tal de detener aquello. Era tarde. Ansiedad y euforia se adueñaban a partes iguales de una multitud entregada ya sin condiciones a su propio desbordamiento. También en vano perseguía el rastro del líder anarquista, imposible localizarlo: Mallofret, el jefe de la Unión y la viuda se desplazaban sin descanso de un lugar a otro ultimando la manifestación del sábado.

—Impresionante.

—Inolvidable.

—Algo que obligará a girar el timón del poder —proclamaban.

La terrateniente y los suyos se ocuparon de las zonas agrícolas y ganaderas; Torres, su yerno, de los contactos en la capital de la provincia —entre ellos, José Nogales— y Maximiliano del área minera. En casa no sabíamos de él desde que se inició la huelga. El día antes nos dijo:

—Por si tardamos en volver a vernos —mi madre contuvo la sacudida, la transformó en un rictus, sólo un segundo le duró, pero yo lo advertí—, por si tardamos... —y se ató a la cintura un delantal, me burlé, era la primera vez que contemplaba al pelirrojo entre peroles y con mandil— vamos a disfrutar juntos de algo especial y a celebrar por anticipado la victoria.

Cocinó para nosotras.

—Se llama congrí. Tremendo plato, chica, bien sabrosón —imitaba el acento de la isla, mamá y yo nos guiñamos—. Aprendí a prepararlo en Cuba, allá, en La Habana, los frijoles son oscuritos y en Santiago coloraos. Probá, mi negra —y las dos muertas de risa.

Durante aquella fantástica comida —más fantástica por lo escuchado que por lo servido— nos habló de creencias y divinidades del «cocodrilo del Caribe».

—Oba-Ogó, el creador supremo, hizo al primer ser humano soplando sobre su propia caca.

—¿Sí? —el tema me divertía— ¡Toma ya!

—Eso afirman. Y por tanto, la deducción es evidente.

Dejé el cubierto suspendido a medio camino de la boca.

—El hombre no viene más que de la mierda de los dioses. Somos simplemente un soplo de su excremento.

—¡Como un pedo, un pedo divino! —grité yo, entusiasmada por el tema y mi gran hallazgo.

Maximiliano festejó la ocurrencia. Pero mamá...

—¿Se puede saber qué es esto?, ¿desde cuándo se habla de estas cosas comiendo? ¡A callar! ¡Y tú, el primero! Sí, usted, le estoy hablando a usted, no mire para otro lado. Que eres peor que ella, más niño chico. Qué barbaridad, nacidos de... de eso. ¡Qué asco!

—¿No te das cuenta de todo lo que conlleva? ¡Es una teoría revolucionaria!

—Ya, tú arrimando siempre el ascua a tu sardina. ¿Revolucionaria? ¡Es una idea apestosa! Y se acabó. No lo repito: ni una palabra más sobre el tema. Tengamos los frijoles en paz.

Maximiliano y yo nos dimos una patadita por debajo de la mesa. Estaba disfrutando de lo lindo. Y quería saber más, más. Dijo que cada persona tiene su oricha, un ánima —la mirada de mamá fue fulminante, pero él le aseguró que lo que iba a contar ahora nada tenía que ver con *el carro*—, un espíritu que lo protege, y es el oricha quien nos escoge, no podemos elegirlo. Y nos habló de Yemayá, de Ochún, de Changó... que son equivalentes a distintas vírgenes de la religión católica: la virgen de Regla, la de la Caridad... A nosotros, a Riotinto, le correspondía Changó, porque es santa Bárbara, y ésta, la patrona de los mineros. A mí esas cosas me resultaban fascinantes, en cuanto me levantara de la mesa, correría a apuntar todo en mi cuadernito. Igual que tú. Pero otra sorpresa faltaba aún, Maximiliano se puso serio, volvió más grave su voz:

—Las piedras, como amuletos, son muy apreciadas, guardan poderes mágicos transmitidos mediante rituales y ceremonias. Protegen. Pero tienen que estar vivas. Piedras vivas.

—No me digas —se burló mamá— que tú crees en eso. Dioses, espíritus, vírgenes, piedras vivas... ¡si se enterasen algunos que yo me sé!

Hizo oídos sordos. Retiró su silla, se levantó, fue hacia Lucía y, situado detrás, a su espalda, le apartó delicadamente el cabello y la besó en la nuca (recordé aquella rosa de los vientos que él tenía tatuada). Desvié la mirada, me sonrojaba. Cuando volví los ojos, ceñía el cuello de mamá con un hilo de plata del que pendía una piedrecita roja.

—Es —dijo Maximiliano Mallofret cerrando el broche— el corazón de la tierra.

—No puede ser —tercié, impertinente, yo.

—¿Y por qué?

—Por dos cosas.

—A ver, ¿la primera...?

—La primera porque, porque... ¿tú sabes el hueco grande de la mina de qué es?, ¿no?, ¿no lo sabes? ¡De haberle arrancado el corazón a la tierra! De eso es. Y esta piedra es tan chiquita.... ¡si parece una lágrima! Imposible.

Maximiliano me sentó en sus rodillas.

—En América vive una tribu, los jíbaros, reducen las cabezas hasta dejarlas así, como mi puño. Es lo que han hecho con el corazón de la tierra, condensarlo, como tú dices, en esta lágrima.

—¿Y lo otro qué?

—¿Hay más? Es verdad, eran dos los motivos.

—Dinos el segundo —intervino mamá.

—Que es rojo como el de las personas.

Se miraron sin comprender.

—¿Y...?

—Que no puede tener ese color. El corazón de la tierra es azul. Así me lo imagino yo. Azul (lo decía por aquello que Estrella me aseguró: «El color de tus ojos es también el de tu corazón», me gustaba pensar que el de la tierra sería igual que el mío, azul).

Sucedió entonces algo maravilloso, inexplicable. Maximiliano le pidió a mamá que le dejase un momento la gargantilla, rozó la piedrecita roja con sus dedos, como los pases misteriosos de un mago, y...

—Aquí la tienes: azul.

Las dos nos quedamos atónitas.

—Yo también lo estoy —Katherine escudriñaba sin pestañear la cadena y el dije del que no se separaba nunca la anciana—. Me fijé en ella el primer día que la vi, y cambia. Pero juraría que la piedra es la misma.

—Durante mucho tiempo lo creí un prodigio. Mamá, por supuesto, conocía ya el secreto y presumía luciéndola indistintamente de un color o de otro, pero cuando le preguntaba, sonreía: «La magia de los espíritus», y me dejaba en la intriga. Hasta el día en que, armada de valor, me atreví a registrar el cajón donde la guardaba.

—El té ya está frío, ¿quieres que...?

—No, nada, no quiero nada, por favor, no se detenga ahora.

Blanca se desabrochó el collar e hizo, frente a los ojos de Katherine, lo mismo que años atrás Maximiliano ante los suyos.

—¡Azul!

—¿Cómo...?

—En el engarce hay un minúsculo pero ingenioso mecanismo, un sencillo «clic» la hace girar sobre sí misma. Es una sola piedra, pero curiosamente tiene dos caras, cada una de un color. Observa: ahora roja, ahora azul. Lo descubrí aquel día y, ¿sabes?, en el fondo, lo lamenté, me arrepentí. Como enterarse de que los Reyes Magos son los padres.

—Sí, sé a lo que se refiere.

—Después de aquella comida no volvimos a ver a Maximiliano hasta el día de la manifestación. No, miento, la víspera, el viernes por la noche. Pero ésa fue una noche muy especial. De gran agitación. De tumulto. Y, como la piedra misma, con dos lados: de uno y de otro costado del muro. Aquí, la tensa calma de las jornadas de huelga que mantuvieron a la gente refugiada en sus casas más la inminencia de la gran manifestación de la mañana siguiente, hizo que, al caer la tarde, de manera espontánea pero como siguiendo el dictado de una sola voz, el pueblo entero se echara a la calle. Hombres, mujeres, niños, íbamos de un barrio a otro. En realidad, sin saber muy bien por qué y a qué. No importaba. El ambiente restallaba de júbilo. Una especie de exaltación colectiva. Incontenible, desbordada. Nos sentíamos poseídos de una fuerza común y, al tiempo, amos de ella. Dueños de una poderosa complicidad que mezclaba explosivamente el temor y la esperanza. Las dudas y el arrojo. Una combinación embriagadora de temeridad e inquietud. El pulso estaba echado: y tres días ya de mano contra mano sin ceder proporcionaban un sentimiento difícilmente explicable, pero que, como corriente eléctrica, iba transmitiéndose de uno a otro hasta prender, con frenesí, a la multitud toda, a todo un pueblo. Para aplacar el frío se habían encendido grandes candelas y corríamos por las calles portando improvisadas antorchas: veo ahora las llamas centelleando en la oscuridad, rompiendo la noche de febrero. Un ejército desordenado y maravilloso que celebraba la toma de una ciudad desconocida. Cientos de personas moviéndose sin más rumbo que mirarse unos a otros, comprobar que eran muchos y estaban unidos. Saberse. En cualquier plaza, en cualquier esquina, en las tabernas, se improvisaban mítines, se arengaba a la multitud. El loco Jeremías, blancos los globos de sus ojos, alzaba al cielo una palma adornada de los más estrambóticos colgajos y clamaba frases incomprensibles. Desde su balcón, una mujer de negro desgranaba los misterios del rosario a gritos. Grupos de jóvenes, brazos por los hombros o enlazadas las cinturas, pasaban cantando. Subida en un improvisado podio, triunfante bajo su melena, Rosita, llegada de Nerva, parecía posesa de una fuerza magnética y la gente se arracimaba en torno a la diminuta figura, sobre todo, las contraminas y los niños, que escuchaban boquiabiertos, subyugados tanto por su aspecto como por el apasionamiento de sus palabras. Voces y fuegos en la noche. Yo salí cogida de la mano de mamá. No quería llevarme pero me empeñé de tal forma que no tuvo más remedio. Del arrabal venía una riada humana en sentido contrario al nuestro.

—¡Blanca!

—¡Mamá, mamá!

Me solté, me arrastraron. Cuando quise darme cuenta estaba en mitad de la Plaza de España y a mi lado unos hombres gritaban.

—¡Vamos a apagar las teleras!

—¡Todos a apagarlas!

—¡Vamos!

Y aquella masa comenzó a moverse como un extraño

animal que se alargaba y encogía. Sumergida en un bosque de piernas, apenas si atisbaba y tenía que saltar constantemente. Pero nada temí hasta que Goyo el pirata, apodado así por su parche de cuero en el ojo izquierdo (sobre su pérdida corrían dos versiones: la varilla de un cohete se lo llevó ensartado como una aceituna; se lo sacó, con un tenedor, una amante despechada), borracho y tirado en una esquina, me chistó: «Mira lo que tengo, ven aquí, niña, ven...» Me dio miedo. No muy lejos, una mujerona pintarrajeada hacía gestos obscenos: «¡A apagar las teleras, a apagar las teleras...!» gritaba, y se levantaba las enaguas —no llevaba nada debajo—: «¿Y esto quién me lo apaga a mí?» Y se reía a carcajadas. A su lado, otra más vieja, sin dientes, y corrido el carboncillo de las falsas cejas, vociferó: «¡Ni Dios ni patria ni amo! ¡Anarquismo!», y, bailando, se unió al coro de risas. De repente, todos los rostros se me volvían extraños, inquietantes. Como el de Simonita, la niña del cisquero, que tenía la mitad de la cara preciosa; si la veías sólo del perfil de ese lado, era tan linda... pero la otra media, ay... siendo aún de mantillas, la mordió y le comió la mejilla un cerdo. Ahora sí estaba asustada. Inesperadamente el gentío se abrió. No reaccioné. Me vi de golpe junto a las patas nerviosas de un caballo. Los cascos rechinaban en el suelo.

—¿Qué haces tú aquí? —Manuel, inalcanzable en su montura, me impresionó—. ¿Dónde está tu madre?

Le expliqué.

—Lo que me faltaba: la niña especialista en perderse. Anda, vamos.

Y aquello fue lo mejor. Me subió a la grupa. Como una princesa rescatada por un valiente cruzado. Desde allí arriba veíamos —saludé ufana a algunas muchachas de mi calle,

Angelina, Josefa... vestidas como si fueran a un baile de pirulito— pero también nos veían y, para mi desilusión, mamá no tardó en localizarme. El sueño apenas duró.

—Esto es un disparate, una locura colectiva —dijo Manuel, y desmontó—. Quieren apagar las teleras.

—¿Qué vas a hacer?

—¿Qué puedo hacer?

—¿Vas a impedirlo?

—He recibido instrucciones del gobernador de Huelva para que acabe tajantemente con cualquier manifestación, y del capitán de Sevilla para que actúe con contundencia.

—¿Qué quiere decir exactamente eso?

—Me ordenan abrir fuego si es preciso.

—¿Y lo harás?, ¿lo harás? ¡Dios mío! Mira a tu alrededor, tú los conoces, conoces a todos, sabes sus nombres, ves crecer a sus hijos, enterrar a sus padres... ¿Y qué es La Compañía?, ¿eh, qué es la jodida Compañía?, ¿tiene, como ellos, brazos, piernas, boca...?, ¿estornuda, llora, ríe como nosotros?, ¿abraza, besa, tiembla como tú y yo?, ¿qué?, ¿qué es La Compañía? Te lo diré yo: un fantasma, ¡un maldito fantasma! Por eso nos puede. Porque no hay oídos a los que hablarle, ni ojos a los que mirar. No tiene un corazón al que llamar con los nudillos. Ni siquiera un rostro al que darle la bofetada. Crown, Terry... no son más que piezas dentro de otras piezas, tras ellos hay nombres y papeles y otros nombres y más papeles. Ésa es nuestra diferencia, los jornaleros saben al menos quién los explota, hay caras, apellidos, sangre. Pero nosotros... ¿cómo se enfrenta uno al fantasma?

—Ya hasta hablas igual que él —fue la respuesta de Manuel, y espoleó su caballo.

Luego, mayor, comprendí la dificilísima postura de mi

pariente y cuánto tuvo que sufrir. Se encontraba entre la espada y la pared. Se debía a unas órdenes, a una jerarquía, pero vivía entre mineros y era testigo de la dureza diaria de nuestra existencia, padecía como nosotros la manta y veía la ofensa que, no sólo para los sentimientos sino para la razón, suponía el inhumano sistema de trabajo, los accidentes, la miseria, tanta injusticia... La provocativa, la escarnecedora comparación entre Bellavista y el barrio de la Alpargata. No era acatar y reprimir una turba anónima. No era obedecer sin hacerse preguntas. Había muchas interrogaciones con sus garfios abiertos. Como esos ganchos de los mataderos de los que cuelgan rojos bueyes desollados y partidos en canal. Aquí, garfios abiertos, seres sin piel también. Formado en la disciplina, Manuel tampoco podía —o quizás no sabía— desoír a sus superiores. ¿A quién debía lealtad? Si encendía la conciencia apagaba la ley. En cualquiera de los platillos de la balanza que se situase, tendría que pagar un precio: el fiel, como una flecha, iba de un modo u otro, pero seguro, a clavársele. Y mientras el gentío iluminaba el valle con su procesión de antorchas, camino de las teleras, en el salón principal de la suntuosa residencia de estilo colonial-victoriano se prendían por primera vez en mucho tiempo los candelabros de plata. La imprevisible Mrs. Crown había decidido intervenir y ayudar a su esposo. Marjorie, educada en la creencia de que ante las circunstancias adversas lo más conveniente es correr las cortinas de damasco, convenció a Crown para que ofreciesen una gran cena. Así, con un solo movimiento, lograrían varios objetivos: mostrar su temple a los huelguistas, hacer saber a los agitadores que ni les amedrentaban ni cejarían, y dar ejemplo de serenidad ante la colonia británica. Sin olvidar lo que tal actitud diría a su favor en Londres. Ellos, como cabezas visibles de la comunidad, representaban en cierta manera la imagen del imperio y estaban llamados, obligados, a servir de modelo. Además, aún no habían cumplido con esa mínima norma de cortesía que era recibir y presentarse, ¿qué mejor ocasión? Seleccionarían a los altos cargos, a los más destacados. Iba a ser una velada memorable. Y quizás, si se sentía animada, hasta tocase el piano.

—¿Estaba...?

—Sí, fue invitado, míster John Francis White le caía bien a la nueva inquilina de la Casa Grande. Por él y por Cristobalina, que tras muchos años sirviendo entendía el inglés, puedo contarte cómo fue aquella cena. Ella no dejaba entrever que comprendía el idioma y en su presencia hablaban sin reservas, ignorantes de que tenían un testigo. Pero sí, cuando se trataba de asuntos que afectaban laboralmente, Cristobalina pasaba la información. Esto sucedió especialmente durante enero y los primeros días de febrero. En la cena triunfó un manjar con el que los Crown sorprendieron a sus invitados: en bandeja de finísima porcelana decorada a mano fue servido un budín espectacular; hueco y escalonado en su centro, imitaba con extraordinario realismo la forma de la mina a cielo abierto y la gama de la tierra se había logrado con delicados purés y salsas. Un redondo «¡oh!» y un aplauso coronaron su aparición. Marjorie desviaba las felicitaciones al fiel criado: «El mérito es de Satyam, responsable y artífice de la idea.» Pero dejemos sin partir el pastel, si de verdad deseas entender lo que fue aquella noche, es preciso un esfuerzo, trata de entrever lo que paralelamente ocurría a ambos lados del muro.

Katherine se inclinó un poco hacia la narradora, como fondo y contrapunto de rara belleza a sus palabras, nacía de la penumbra de la casa la música de Haydn: arias de Gabriel, Uriel, Rafael, voces de ángeles.

Imagina la escena: en el pueblo, la gente comienza a invadir las calles; en Bellavista, sobre la larga mesa de caoba cae, flotando, un impoluto mantel de hilo. Algarabía de la multitud al reconocerse unida, sensación de ebriedad, de delirio colectivo mientras la vajilla, los cubiertos de mango labrado, la cristalería, es depositada cuidadosa y protocolariamente. Pero en una de las cabeceras, las copas son de plata, es el lugar de Mrs. Crown (decía Cristobalina que aquella mujer tenía enquistado un profundo dolor, un sufrimiento que la vaciaba). Jóvenes con tambores de la banda de música atruenan las plazas, relinchan los caballos; en la cocina se dan los últimos toques a los platos, todo está a punto, encendidas las chimeneas, relucientes los suelos, Satyam repasa minuciosamente los uniformes del servicio, los guantes han de lucir impecables. Varios relojes rompen al unísono el silencio de la Casa Grande. En el piso superior, Mr. y Mrs. Crown han terminado de vestirse. En un momento comenzarán a llegar los invitados, lástima que no se pudieron adornar los salones con flores, para la ocasión la señora habría escogido ¿campánulas?, ¿rosas amarillas? Campánulas mezcladas con rosas de un muy pálido tono salmón. Pero es febrero y no hay flores y hace frío y yo veo cómo mi aliento se vuelve vaho al contacto con el aire.

Blanca Bosco se detuvo. Aquel pasaje de *La Creación* era su favorito.

—Dicen que Marjorie descendió las escaleras magnífica. Aguardó a que estuviesen todos para hacer su aparición. Desde el rellano, la mano izquierda posada ya en la barandilla, ojeó el ir y venir de sus invitados, el movimiento de la servidumbre uniformada con las bandejas, luego comenzó a bajar los peldaños tal y como le había enseñado lady Caroline Weill. Hacía mucho —desde la espantosa muerte de Alice— que ella no recibía. No se engañaba —ni su esposo debía esperanzarse—, lo de esta noche era excepcional, un débito con Laurence y una apuesta consigo misma. Nada más. Pero, ya que lo hacía, ya que se colocaba la máscara... ¡ah! entonces... Todas las miradas se volvieron. La figura de blanco y con un soberbio camafeo parecía caer del cielo, descender del aire. Perfecta anfitriona, saludaba uno a uno a sus invitados. No, tan encantadora dama no podía ser en modo alguno la desequilibrada que describían —bajando la voz— los más afilados comentarios. Para todos tuvo una palabra amable, una sonrisa. Contó la historia de la piel de tigre que decoraba la biblioteca: cazado en la India por sir Douglas Asher, de la rama de los Asher de Kent, primo segundo por parte de madre, fue un regalo de boda. «¿La batalla naval?, la pintó mi esposo, en realidad no lo era cuando... ¿le gusta?, ¡hace años que no coge los pinceles! Tal vez este paisaje tan extraño lo anime a plasmarlo. ¿Y dice usted que conoce a...?, ¿sí? ¿Llueve menos?» Y habló con ingenio de las últimas tendencias en moda, de las novedades en la escena londinense y, con acierto, de Grecia y de Egipto, de música y poesía. El estricto, el gélido Crown se tornaba delicado, cariñoso, atento a cualquier detalle, pendiente del mínimo gesto o necesidad de su esposa. Y no fingía ante los comensales, no se trataba de artificio, en lo que Cristobalina vio, siempre era así con ella: enamorado, obsequioso, dispuesto a complacerla en cualquier capricho, una persona bien diferente a la que conocían sus subordinados. Aún hubo un intento final de James Terry y un par de ingenieros más de analizar con Crown la situación que se estaba viviendo, acaso todavía se estuviese a tiempo. Tu abuelo, cauteloso, probó fortuna con la dama de blanco. No. Ella no deseaba hablar «de eso». Sonrió, cambió de tema. Por su parte, el director remitió a las, primero, sugerencias; después, órdenes recibidas de Londres. Pero aun así durante la cena surgió inevitablemente la preocupación. Marjorie intervino presta: era su primera recepción, el inicio de lo que sería, no albergaba dudas, una grata serie de encuentros, en otro lugar, en otras circunstancias, pero, *please*, no allí, aquella cena debía servir para todo lo contrario. Naturalmente, por supuesto, llevaba razón, qué falta de delicadeza, de tacto, qué desconsideración comenzar una discusión así en la mesa. James Terry se levantó. Era la oportunidad de acallar los comentarios sobre su resentimiento, una ocasión inigualable para mostrarse elegante y despertar respeto. Puesto en pie, alzó su copa.

—Señoras, señores, creo que, imperdonablemente, aún no le hemos dado la bienvenida a Mrs. y Mr. Crown, ¿dónde está nuestra cortesía?, ¿hemos olvidado los modales bajo este polvo rojo del sur? ¡Brindemos por ellos!

Las largas copas —que a Marjorie le parecieron puñales de cristal— cortaron el aire.

—*Welcome!*

En aquel momento un grupo de hombres y mujeres llegaba a las teleras. Un espectáculo irreal: el laberinto abrasando la noche, y recortadas ante su perfil humeante, las siluetas de los guardias civiles. El teniente desmontó y avanzó unos pasos. Rechazaba enfrentarse a ellos desde la altura del caballo. Voces más temibles que piedras, más duras, lo detuvieron en seco a mitad de camino, en esa tierra de nadie que separa las camisas de los uniformes.

—¿Tú no respiras también?

—¡Vendido!

—¡Vamos a apagar ese infierno!

—¿Nos vais a disparar?

—¿No recordáis de quién sois hijos?

—¡Nadie nos lo va a impedir!

—¡Apartaos!

Hervía la tensión por segundos. No necesitaba mirarlos, tras él, a sus espaldas, el teniente sabía inquietos a sus hombres, la diminuta curva del gatillo invitando a la presión del dedo.

Sintió el recorrido desde la sien de una gota de sudor. Y aquel olor masticable.

—¿Nos vais a disparar?

Según cambiase el viento, los humos hacían desaparecer o surgir a una u otra formación.

—¿No recordáis de quién sois hijos?

Todo bajo un aspecto grisáceo, lunar, iluminado por fuegos que se diría nacidos del submundo.

—¿Nos vais a disparar?

Como en Corta Atalaya, en el monte de las Águilas, en las aguas del Tinto, semejante a todo lo que nos fue creando y ahora ya nos circunda y somos, igual estaba allí esta tan familiar belleza trágica. Manuel vio renacer —¿por qué en ese momento?— ante sus ojos un recuerdo de infancia olvidado: iba de la mano de sus padres por las orillas del Odiel y, entre las adelfas rosas y blancas, algún ave asustada levantó el vuelo; a él sólo le quedó la imagen de unas plumas batiéndose, alas que se perdían hacia las nubes que estaban quietas en el cielo y, a la vez, temblando reflejadas en el agua. Su madre dijo: «Es un ángel.»

Cuando vino en sí, tenía delante a Maximiliano Mallofret, que lo miraba fijamente y repetía: «No, así, no.»

Manuel contaba que no lo vio llegar, creía que durante un par de minutos densos, pegajosos como zopisa, no tuvo conciencia del presente ni reparó en la figura que semioculta por el humo, ya apareciendo, ya difuminándose, avanzaba hacia él. No reparó hasta que, sobresaltado, escuchó su voz.

—Así, no. Ni vosotros, ni nosotros. De esta manera, nunca. Vamos a dar media vuelta. Todos. Ya puedes ordenar a tus hombres que enfunden las armas.

—Debió de ser una noche muy larga —Katherine lo dijo al tiempo de notar que Blanca y ella se iban llenando de lunares de luz, guiños que el sol filtraba por entre las hojas del emparrado.

—Y terrible. Pero eso lo supe después. Para la niña que yo era resultaba una fiesta. ¡Cómo disfruté con unos zagales de mi calle! Mario y Marcelino, dos hermanos, más o menos de mi edad, que habían venido con sus padres de Niebla o de Gibraleón, ya no lo recuerdo, pero lo que no he olvidado es que uno era blanco y negrito el otro. Como una ficha de dominó. En esas poblaciones, sí, los hubo y los hay, de siglos atrás, negros descendientes de antiguos esclavos. A mí, que siendo hermanos, tuviesen distinto color, me parecía sortilegio. Me encantaba jugar con ellos y presumir de unos amigos tan exóticos. Estrella se encelaba:

—Bah, pues yo también tengo una amiga que ni siquiera tú la ves y, para que te enteres, es de la raza amarilla. Amarilla limón del Japón.

Un poco antes del amanecer sentí que alguien entraba en casa. Agucé el oído: unos pasos cruzaron ante mi puerta y a continuación oí la voz de Maximiliano en el dormitorio de mamá. Después, un largo silencio. Debí quedarme dormida, hasta que de nuevo sonaron las pisadas, seguidas esta vez del pequeño crujido que siempre emitían las bisagras de mi puerta al abrirse. La figura imponente de Maximiliano se dibujó bajo el dintel. Cerré los ojos. Muy quieta, arrebujada, lo escuché aproximarse a mi cama procurando no hacer ruido, junto a la cabecera se detuvo unos instantes a contemplar lo que creyó mi sueño y con ternura que quien no lo conociese juzgaría impropia en él, acarició mi cabello y me dejó un beso en la frente. Fue un momento muy especial, no vivido desde la muerte de mi padre. Salió igual, silencioso, y al abrir, el olor a achicoria que ya estaba preparando mamá, inundó la habitación. Aquella noche apenas durmió nadie. Como si todos los mineros, insurrectos, rebelados, hartos de años bajo tierra, se hubiesen quedado fuera a esperar la salida del sol.

—Era 4 de febrero.

—Sábado, 4 de febrero de 1888. Veinticuatro horas llamadas a cambiar la vida en la mina. El día de los días amaneció radiante, barría el viento los humos hacia el noreste y dejaba el cielo como sólo en contadas ocasiones lo disfrutábamos. Una de esas mañanas del invierno del sur en las que el frío se engaña dorado por el sol. O quizás sea que transcurrida ya casi una vida, mi memoria quiera traerlo a este momento así: un día añil y oro. En Nerva, El Campillo, Zalamea la Real, en las pequeñas aldeas de la cuenca o colindantes todo estaba dispuesto desde el clarear. Ya se reunían al alba los primeros grupos para ir recibiendo las instrucciones del encargado de cada zona. Yo notaba, ay, ese cosquilleo en la barriga que todavía me pasa: un duende que logra con su flauta que las tripas me dancen aquí dentro —tu abuelo aplaudía semejante explicación—. Flotaba en el aire algo muy especial, un temblor, y me acordé del mar. Las olas y su espuma llenando de encajes fugaces la orilla, los pies descalzos en la arena, la sorpresa, al acostarme, de encontrar sus minúsculos granitos entre las sábanas. Creo que pensé en el mar al ver a todos estos pueblos puestos en pie, y sentir que formaba parte de ellos. Hombres y mujeres sin más horizonte que las cuatro paredes de sus casas, y ancianos y jóvenes y adolescentes y niños... todos y en todas partes echados a la calle para espantar juntos al fantasma. Al mudo, al ciego, al sordo fantasma. Pero es esencial que sepas, y esto me importa hasta reavivar el dolor, que aquella manifestación fue pacífica. Después intentaron por todos los medios echar fango sobre nosotros, desviar la responsabilidad, desacreditarnos, pero te juro por la memoria de aquel día que no queríamos sangre y fuego. Ya Maximiliano lo dejó patente la noche del viernes en las teleras. Era una manifestación pacífica, no me cansaré jamás de repetirlo, pacífica, pacífica, pacífica. Si no, ¿cómo iba a llevarme mi madre? E igual que ella, cualquier madre. Porque acudieron familias completas. Nadie quedó en casa. ¿Quién concibe que alguien se acompañe insensatamente de sus hijos o de sus padres ancianos a sabiendas de que los conducen a...?, ¿cómo imaginar tamaña atrocidad? No. Ni íbamos a saquear las oficinas con el retrato enmarcado de la reina Victoria, ni a envolver en llamas la Casa Grande, ni a enterrar en azufre el club. Ni siquiera a derribar el muro, algo a lo que yo, no entonces y ahora ya tampoco, pero a mis dieciocho o veinte años habría colaborado muy gustosamente. Me empeñé en vestir el traje, regalo de tu abuelo. Quería ir guapísima. Como Cenicienta la noche del baile. Supuse que no me lo iban a consentir y ya guardaba en la recámara, bien ensayada, la rabieta suprema. Para mi sorpresa, mamá no puso pegas, se limitó a hacer ese mohín que yo tan bien conocía:

—Me lo imaginaba.

—¿Por qué? —le pregunté, defraudada en el fondo por no poder montar el numerito.

—A tu edad yo hubiese deseado lo mismo.

Desde las inmediaciones de la plaza llegaba el ruido de los más presurosos. A través del tabique oíamos el trajín de los vecinos. Risas. Exclamaciones. Alguien entonaba una canción. Y contra la voluntad de don Viator, impotente para impedirlo, los monaguillos repicaban las campanas y tocaban a rebato. Entreabrí la puerta, me asomé. Peinada y con el vestido nuevo, pisaría como una reina. Estrella no cruzó el umbral.

—No vayas.

—¿Por qué?

—Porque no, no vayas.

—¡Claro que voy!

—¡No!

—¡Sí! Eres caprichosa y envidiosa. Lo dices porque a ti nadie te ve y a mí me va a mirar todo el mundo. Además, ¿sabes una cosa? ¡Ya me tienes harta! ¡Quédate tú si quieres!

—Por favor...

Pocas veces pedía ella algo por favor y me intranquilizó. Pero la tenía calada, era capaz de los más sucios trucos con tal de conseguir sus propósitos. Esta vez no iba a engañarme tratando de dar penita. Mamá entrelazó sus dedos con los míos —«No te sueltes, no vaya a pasar lo de anoche»— y salimos a la calle. Antes de doblar la esquina, volví la cabeza. A pesar de todo, sentía remordimientos. Aunque se diera muchas ínfulas, no tenía más amiga que yo. La vi: me decía adiós agitando la mano. Y allí, sola en medio del júbilo reinante, me pareció muy triste.

—Espérame un momento. No te muevas de aquí, ¿eh?

—¿Puede saberse dónde vas ahora?

—¡Enseguida vuelvo!

Quería darle un beso. Estrella trató de disimular, pero noté su alegría al verme.

—¿Te has arrepentido?

—No. Sólo he venido a... —y le di el beso.

Fue la única vez que palpé su corporeidad. Como si, rozada con los labios, se hubiese materializado. Casi escarchado.

—Si no vas a quedarte, llévate a Orito.

Orito, mi último pájaro, no fue regalo de tu abuelo, sino de Maximiliano, empeñado en ganarle terreno (yo, que me había percatado de aquella rivalidad, le sacaba todo el provecho). Lo llamé así por sus plumas de un amarillo deslumbrante. Orito se crió conmigo desde que era un suspiro, nunca estuvo en jaula pero no se iba de casa, revoloteaba de una silla al ropero, de una cama a la mesa, y acababa siempre posado en mi mano o en el hombro. Maximiliano le fabricó una casita muy linda, pintadas las paredes de verde y el techo rojo, en ella lo sacaba a pasear y era la admiración de todo el vecindario. Pero el exterior le asustaba, cuando se atrevía a salir, primero asomaba el pico y luego, con igual timidez que precaución, miraba a todos lados antes de desplegar aquellas maravillosas alas. Y no permanecía mucho tiempo fuera, tras un par de vueltas, como un soplo dorado sobre nuestras cabezas, retornaba enseguida a la seguridad de su techito.

—Llévatelo.

Me impresionó tanto su tono que no hice preguntas, obedecí. Ignoraba entonces que sería aquélla la última vez que viese a Estrella. Habían establecido que los manifestantes venidos de fuera se organizaran en dos grandes columnas: por el norte y el este llegarían los de Nerva y aldeas de los alrededores; por el sur y el oeste, los de Zalamea, El Campillo y otras pedanías. Un rumor sordo que se propagaba igual por el aire que por el suelo, anunciaba ya su proximidad. Al frente de éstos, firmes en sus monturas, doña Vicenta Gómez de León y Dionisio Torres; comandando aquéllos, Sebastián Espejo, uno de los líderes obreros. Y cada grupo precedido por banda de música y pancartas: «¡Humos no!» «¡Agricultura sí!» «¡Viva la tierra viva!» A caballo, Maximiliano Mallofret y sus colaboradores más allegados aguardaban en el cerro rojo. Ése era el punto acordado para el encuentro: el Cerro de Salomón. Una colina de extraordinario tono carmesí, escarlata casi (mi padre decía que esta tierra estaba avergonzada de que tantos hombres la manosearan y se le metiesen dentro; yo pensaba, supongo que por el sugerente nombre, que las entrañas del cerro escondían grandes misterios y riquezas, puñales de plata, espadas con la empuñadura de piedras preciosas, calderos y ollas repletos de viejas monedas de oro), desde la que se divisaba el valle del infierno y en él, Riotinto. Por donde sale el sol y por donde se oculta, vieron surgir las dos filas: largas hileras de hormigas que se perdían en el horizonte. Las formaciones se abrazaron al pie del monte y una nube de polvo cárdeno, como una plaga bíblica, las envolvió.

—¡Unidos!

—¡Adelante!

Cinco mil, seis mil personas avanzaban ahora en una sola columna encabezada por Maximiliano Mallofret. Flanqueándolo, el jefe de la Unión Antihumos y la terrateniente. Música de bandas, frases de pancartas coreadas, alboroto de niños, voces roncas de hombres, lágrimas de mujeres, aplausos de todos, vítores. A las afueras otros grupos recibían y se sumaban a la comitiva. La entrada en Riotinto quedó fijada viva en mi memoria como un momento de júbilo espontáneo, de fiesta y emoción: al alcanzar el pueblo, un grupo de retén hizo ulular las sirenas de todos los trabajos y el aire se pobló de ecos rebotantes. Aullidos ondulados que inundaban el valle. Y sonaban trompetas y tambores, se batían palmas, se gritaba... Algunas muchachas lanzaron al aire cintas de colores. Una visión inolvidable. En total podríamos sumar once mil o doce mil personas. Acaso más. Maximiliano saludaba desde su montura y trataba de apretar aquel bosque de brazos tendidos hacia él. Subidas en un banco de hierro de la plaza, mamá —el rostro iluminado— y yo lo observamos pasar. Descabalgó ante el Ayuntamiento. Allí, el teniente Rincón y sus nueve guardias civiles —los treinta de refuerzo, prometidos por el gobernador, no habían llegado— formaban un frágil parapeto, poco más que una valla de papel para el mar de cabezas que se extendía, imponente, frente a su nerviosismo. Se miraron. Maximiliano comprobó que llevaba el escrito en el bolsillo (*Los que suscriben representan a 4.000 obreros y dicen que, en la seguridad de los perjuicios de los humos sulfurosos y creyendo que las corporaciones municipales tienen autoridad para suprimirlos, suplican a ese Ayuntamiento tome acuerdo de prohibición, evitando así el tener que lamentar daños persona-*

les como los muy numerosos ya padecidos. Firma y rúbrica, Maximiliano Mallofret, seguido de trescientos nombres más.) y con sus dos acompañantes subió los escalones de acceso al edificio en donde permanecían encerrados alcalde y ediles. Pero antes de cruzar la entrada, se detuvo e hizo señas a un chico de la primera fila para que fuese hacia él. Encantado de ser el elegido —aun sin saber para qué—, no se lo pensó dos veces, corrió en busca de su momento de protagonismo y en cuatro zancadas se colocó junto a aquel tipo pelirrojo que parecía ser el jefe. Maximiliano aupó al niño para que fuese contemplado por todos desde cualquier ángulo de la plaza y, con el chaval en sus brazos, gritó:

—¡A ellos debemos darles un mundo más justo y una vida mejor! ¡Vamos a conseguirlo! ¡Tenemos que conseguirlo! ¡Por ellos!

La multitud que abarrotaba la plaza fue un solo grito unánime.

—Sabe bien lo que se hace —comentó un señor a nuestro lado—. ¿Usted lo conoce? —le preguntó a mamá.

Ella respondió con un gesto vago, y yo, como esos niños que descubren la mentirijilla de sus padres —«Tiene nueve años», y los abochornan ante el revisor: «Nooo... ya he cumplido los diez», obligándolos a pagar el billete, también estuve a punto de meter la pata, pero la rápida mirada me previno y comprendí su cautela ante un desconocido.

—¿Y usted? —devolvió la pregunta con esa técnica que, según me contó, había aprendido de mi padre.

—Personalmente no, pero sé de él. He seguido con interés su trayectoria, me parece un tipo notable, y en ciertos aspectos lo admiro.

—Usted no es minero, ¿verdad? —reparé en que mamá

observavaba sus manos—. Y me parece que agricultor tampoco…

—He venido para informar de todo esto, como testigo público de lo que hoy pasa aquí. Discúlpeme, aún no me he presentado, dirijo un periódico, *La Coalición Republicana*, mi nombre es…

Ésa fue la primera vez que vi y escuché a quien, pasados los años, sería mi mentor, José Nogales. Así lo conocí.

—¿Y en la manifestación —preguntó Katherine— había alguien de Bellavista?

—Imagino lo que quieres saber. Éramos, como te he dicho, miles, imposible distinguir a alguien en aquella marabunta en movimiento. Pero no, tu abuelo no estaba. Ni él ni ningún inglés. ¿Cómo sería posible? Crown había apostado a los guardias de La Compañía a las puertas de Bellavista, armados y con órdenes precisas de no permitir la entrada ni salida de nadie. La presencia de un inglés suponía una temeridad nada aconsejable, la prudencia instaba a evitar el riesgo y la provocación y además, compréndelo, Katherine, no nos engañemos, tu abuelo era una excelente persona, mi madre y yo, lo sabes, lo queríamos por encima de barreras, pero cada uno, llegado el momento, estaba en su lado. Así son las cosas, ésa es la vida.

—Sí —Katherine acarició la cabeza de Shadow y el animal se tendió a sus pies— ésa es la vida.

—Te ha cogido cariño.

—Por eso no deseo tener animales, porque luego…

—Te equivocas, perviertes tu argumento.

—¿Qué quiere decir?

—Nada. No me hagas caso, nada. Que mientras en el Ayuntamiento se discutía acaloradamente sobre la capacidad o no de emitir una orden prohibiendo las teleras y Maximiliano ponía en evidencia los motivos reales que ataban al alcalde —capataz en la mina— al teniente de alcalde —jefe de estadística— y demás concejales —todos en nómina de La Compañía—, acababa de llegar a la estación de Riotinto un tren especial en el que viajaban el gobernador civil y, a las órdenes de un famoso capitán, Nazario Infante, soldados del Regimiento de Pavía. La noticia corrió como la pólvora. Ellos se abrieron paso enérgicamente y, ante el estupor y recelo de la gente que se apartaba temerosa, alcanzaron la plaza. Tensando la correa, excitado, el bulldog con un collar de pinchos precedía a su dueño. Como una tácita consigna que se extendiera sobre el tapiz humano, por donde pasaban, iba haciéndose el silencio. Tras ellos, se acallaban las voces y parecía materializarse, hasta hacerse grávida, una estela muda de inquietud. Hubo un minuto estremecedor en el que, sabiéndonos rodeados de miles de personas, sin embargo, no escuchábamos más que nuestra propia respiración y unos secos ladridos. Al cruzar ante nosotros, el gobernador reconoció a Nogales.

—¿Tú aquí?

—Yo aquí. No voy a permitir que *La Provincia*, ese libelo administrado por la Rio Tinto Company, tergiverse la información en sus páginas y escriba, como es costumbre, al dictado de sus amos. —Y mirando hacia los soldados—: Observo que su excelencia viene muy bien acompañado.

—Ya hablaremos tú y yo, Nogales. Aún no está zanjado del todo tu asunto con la Justicia.

Néstor Ulloa tiró de la correa del perro y nos dio la espalda, al alejarse lo oímos mascullar: «¡Periodistas! ¡Basura!» Y a Nogales decirle: «Muy buenas tardes tenga el señor gobernador.» Luego, se volvió a nosotros:

—Me acusaron de injurias a un ministro de la Corona, escribí que Moret no es precisamente un benefactor del pueblo y lo califiqué de truhán. Oye, ojos azules —añadió—, ¿qué llevas dentro de esa preciosa casita? ¡Vaya! La primera vez que veo a una oropéndola en una manifestación. Creo, si no te importa, que esto lo voy a contar a mis lectores.

A partir de entonces, en mi cabeza los recuerdos se atropellan en una sucesión encadenada: el capitán despliega las dos compañías en semicírculo ante el Ayuntamiento y de cara a los manifestantes; Manuel reúne a sus nueve hombres y permanecen apostados en la escalinata de entrada; el gobernador ata al perro y desaparece en la umbría de las otras escaleras interiores que conducen a la sala capitular. Llega allí malhumorado, áspero, dispuesto a imponerse: anula cualquier disposición que haya podido tomar el consistorio, y llama al resto «comisión de amotinados». Me fijo en los uniformes del Regimiento, en sus fusiles, botas, en la gorra del capitán, busco los ojos de mamá pero ella tiene la mirada perdida en algún punto que yo no alcanzo a ver. Pasada la sorpresa, la gente ya menos medrosa comienza a indignarse por la presencia de la tropa y a preguntarse qué ocurre dentro; el alcalde de Zalamea la Real decide ir a averiguarlo, el capitán trata de impedírselo pero la intervención de Manuel es decisiva y le franquean el paso; en la entrada se cruza con doña Vicenta Gómez de León y su íntimo yerno, quienes, desleales pero atentos a las palabras del gobernador: «Los tumultos son siempre precursores de funestos resultados», y comprobada la enérgica presencia de la milicia, abandonan rápidamente la escena. Califican de sensatez lo que es deserción; de cordura, la cobardía. Asustados, huyen, dejan a Maximiliano solo. Perplejo ante aquella traición, el alcalde no reacciona hasta distinguir la voz del anarquista que inútilmente discute con otras voces. Se le une. Argumentan que ya Calañas y Alosno han prohibido las calcinaciones en sus términos, Ulloa replica que él mismo anuló esa resolución; le recuerdan entonces la Real Orden dictada por Albareda, ministro de Gobernación, facultando a los Ayuntamientos a ser quienes dictaminen sobre el tema; se les responde que fue bajo presión sindical del monopolio cuprífero, el Consorcio europeo, y es tinta mojada, además, tal interpretación resulta partidista y errónea, puesto que, como todos saben, recala en el Gobierno Civil la decisión final. Se caldean los ánimos. El gobernador sale al balcón, la muchedumbre se agolpa: anhelamos oír que hay acuerdo, que nuestras reivindicaciones —algunas al menos— serán tomadas en consideración. Pero las palabras que nos dirige son bien distintas. Desalentadoras. Insta a abandonar de inmediato la huelga, a regresar sin condiciones al trabajo: «¡Terminad con esta insensata actuación antes de que se produzcan más pérdidas y perjuicios que redundarán sobre vosotros! ¡Estáis —vocifera— arrojando piedras a vuestro propio tejado! ¡Os manejan con intereses personales y políticos! ¡No les sigáis el juego! ¡No son más que falsas utopías y La Compañía es seguridad! ¡Seguridad! ¡Abrid los ojos! ¡Volved a vuestros puestos!» Es un jarro de agua helada. La decepción se apodera de todos. Ulloa regresa al interior pero transcurridos unos minutos reaparece para comunicar que está en condiciones de anunciarnos una buena noticia. Vuelve a crecer la expectación. Se necesita confiar, creer. Parecemos una de esas formidables bandadas de pájaros que, repentinamente, con un inesperado giro, cambian la dirección del vuelo. Reavivada la esperanza, la tensión contenida estalla en un cerrado aplauso. Él, apoyado en la baranda, el cuerpo grueso y fofo medio fuera (más vanidosamente hinchado aún por las palmas que interpreta como victoria personal, y doblemente seguro: del éxito de su propuesta que, a no dudar, le granjeará beneficios y fama y, no menos, por las numerosas armas que le protegen), con gran aspaviento y gesticulación promete —«nombre y prestigio empeño en ello»— que La Compañía en su magnanimidad —utiliza esa palabra: magnanimidad—, si inmediatamente se reanuda la labor en la mina, abonará como trabajados los días de huelga. Es todo lo que ofrece. Fue el colmo. La esperanza dejó paso a la frustración y al enojo y ambas a la exasperación y ésta a la rabia.

—¡Dispersaos! —ordenó el capitán.

El gobernador, desairado y airado, se escurrió dentro.

—¡Fuera! —gritó de nuevo el militar, y despectivo—: ¡Volved al pico y la pala!

Cuando por tercera vez comparece, no hay ovación (el engaño había desinflado la nube; la burla, herido peligrosamente esa especie de alma común que casi podía palparse y en su centro, hincada ya, una banderilla de fuego mordía abrasiva. Abrasiva por los dos extremos), ahora es recibido con protestas. Maximiliano asoma tras él, intenta dirigir unas palabras pero, antes de que pueda intervenir, Ulloa clama: «¡Todo acto contra la empresa será considerado de hostilidad hacia el Gobierno!» Le respalda el capitán Infante: «¡Ya tendríais que saber lo que puede la fuerza y cómo se ordena con las armas!» Alguien, una voz de entre la multitud, rompe como un restallo:

—¡Si hemos llegado hasta aquí, no vamos a irnos con la cabeza gacha!

Y encuentra rápidamente eco en un «¡Nooooo...!» largo como un río que secundan a coro cientos de gargantas. La gente está muy nerviosa. Me abrazo a la cintura de mamá. Ella me acaricia el pelo. A unos metros, un viejo minero escupe y blasfema. Excitados, inquietos, piafan los caballos. Los tambores de las bandas redoblan. Retumban. Ensordecen. «¡Esto es un pueblo de bestias!», farfulla el gobernador, hinchadas las carótidas, congestionado el rostro, y saca un pañuelo de su bolsillo, el ademán de llevarlo a la frente —encandila con el sol su macizo sello de oro— no concluye. Antes, como si fuese ésta la contraseña acordada, se escucha:

—¡Fuego!

La primera compañía pone rodilla en tierra, apunta, dispara; detrás y en pie, la segunda, apunta,

—¡Fuego!

dispara. Las descargas barren las filas, las diezman. Y es tal la sacudida, el pasmo, que nadie reacciona. Durante unos helados segundos permanecemos inmóviles, sobrecogidos. Paralizados por la conmoción. Luego, el fragor, el desconcierto, la confusión, el caos. Miles de personas despavoridas, huyendo aterrorizadas, atropellándonos, tratando de abrirnos paso hacia las calles laterales que desembocan en la plaza, pero éstas, también abarrotadas, son un tapón mortal. En la huida, los bancos se arrancan de cuajo, ruedan por el suelo cuerpos que son pisados, no hay más música ahora que lamentos, chillidos, voces que maldicen, voces que increpan, voces angustiadas que repiten una y otra vez nombres, sin respuesta. Sollozos y gemidos. Lamentos. El Regimiento vuelve a enfilar sus carabinas y se produce una tercera descarga.

—¡Fuego!

Entonces es cuando siento algo como una ráfaga de viento ardiente que me abrasa desde el pecho hasta el hombro izquierdo y veo mi vestido manchado de sangre y al pájaro de oro muerto en el suelo. Mamá grita y me rodea con sus brazos, me envuelve, me protege. Ella sabe qué —en una fracción de segundo— ha ocurrido. Yo lo comprenderé después: asustada, la oropéndola alzó el vuelo en el instante preciso en que la bala iba a alcanzarme. Al elevarse, el cuerpo del ave se ha interpuesto al proyectil, su frágil esqueleto lo ha desviado lo justo para que la trayectoria no concluya en mi corazón. Mamá me lleva en brazos, trata de abrirse paso entre aquella riada incontrolable. Siento que todo gira, que mi cabeza da vueltas y vueltas igual que aquella vez que Estrella y yo, a escondidas, nos tomamos medio bote de uvas en aguardiente. ¿Dónde está Estrella?, ¿por qué no puedo verla? Lo que sí —confuso, táctil, ondeante, como en una pesadilla de fiebre— veo es a los soldados calando la bayoneta en la boca del fusil y cargando contra unos rostros aterrados, y a Manuel y a sus guardias civiles que, en ningún momento han disparado, intentando detenerlos, incluso interponiéndose ellos mismos. Y veo a Rosita, la enana anarquista, en el suelo, derramada sin vida su melena como las medusas de la orilla, y a los hermanos Mario y Marcelino, que allí, olvidados en la tierra, semejan uno la sombra del otro, un solo muerto y su sombra. Y antes de perder el conocimiento observo cómo desde el hombro la mancha se extiende y mi vestido de hada va empapándose y mudando el color, y aún, en una veladura, contemplo aquella plaza que fue de esperanza, de alegría, y es ahora espacio de llanto y desolación: pancartas desgarradas, instrumentos de música esparcidos y pisoteados, zapatos que, solos, perdidos, parecen contener más muerte que los mismos cadáveres. Y sombreros vacíos y canastos abiertos con restos de comida y cristales que brillan bajo el sol apacible de la tarde de invierno. Huele a pólvora. Su olor se sobrepone y tapa incluso el permanente a dióxido de azufre. Y en medio de la nada, una anciana con un muñeco de trapo en la mano da vueltas como un perro que quisiera alcanzarse la cola.

Blanca Bosco comenzó a partir en trocitos cada vez más y más pequeños una hoja caída en su regazo.

Katherine quiso decir algo. Pero no lo hizo. Dejó apagarse las palabras sin salir de su boca y únicamente expulsó la corona de humo gris del cigarrillo.

—Nunca supimos el número de muertos. Nunca. Pero, a un par de metros y de frente, tres descargas a bocajarro sobre una compacta masa humana... Una masacre. Y luego, aquella aguerrida infantería rematando con saña a bayonetazos. Más los lesionados, aplastados en la huida. ¿Cuántos heridos, cuántos cadáveres? Se decía que fueron arrojados a escoriales y cubiertos con ganga, que los ocultaron en antiguas galerías romanas, de inmediato selladas, que las aguas corrosivas se encargaron de devorar, hasta mondar los huesos, sus restos, que el ferrocarril partió aquella misma noche con su siniestra carga de pasajeros fríos, muertos, para hacerlos desaparecer en algún sitio... Tal vez el mismo tren que a mí me llevó al mar. ¿Pero cuántos?, lo ignoro. Hoy todavía se teme que al ahondar la tierra, en vez de raíces, afloren tibias, calaveras, un enorme osario. Hombres, mujeres, niños... conozco el caso de una familia, los Paúles, fecharon su puerta al salir todos por la mañana, transcurrieron los días y nadie regresó a abrirla. ¿Cuántos? Yo qué sé... la tropa impedía con las armas acercarse a los cuerpos que empedraban la Plaza de la Constitución. El domingo, el gobernador, muñeco de ventrílocuo, emitió un bando, aseguraba en él que «la paz reinaba en Riotinto». ¡Dios mío! ¡Y tanto que reinaba, y tanto...! Pero, como le diría Nogales, la paz de los silenciados, la paz de los muertos. Y hablaba el miserable, el muy canalla, de la desatentada conducta de unos pocos que sólo querían lograr sus propósitos sediciosos, de la firme disposición de la autoridad, resuelta a reprimir con mano fuerte cuantos hechos punibles se cometiesen, de la incuestionable voluntad de castigar por todos los medios a los rebeldes y amotinados... y, como burla, como cruel ironía, imperativamente instaba a la vuelta al trabajo bajo el amparo y protección de la autoridad que vela por los trabajadores. Y aún hacía saber que una vez concluido el conflicto y asegurada la tranquilidad pública, La Compañía, consciente de su —no siempre comprendido— papel de garante de todos cuantos cumplen la ley y respetan el orden, y voluntaria deudora del ideal humanitario, no descontaría del jornal el correspondiente al sábado 4 de febrero. Era como escuchar otra vez «¡Fuego!». Pero los secuaces y la prensa comprada desviaron rápidamente los tiros: la masa incontrolada escondía armas, cartuchos de dinamita, perdigones... se agredió a la autoridad, se le lanzaron piedras, se apaleó a los soldados... Un poco más y nos hubiesen tildado de ladrones por no devolver las balas alojadas en nuestros cuerpos. La única verdad es que el Regimiento de Pavía, sin los requerimientos prescritos por ordenanza, disparó y hundió su acero en una multitud indefensa, que Nazario Infante, su sanguinario capitán, no fue castigado con destierro, confinamiento o multa, penas que para tal delito establecía el Código Penal; que nadie pinchó a ese pez-globo, inflado de soberbia y fatuidad, de don Néstor Ulloa y permaneció de gobernador, incólume; que Nogales, él sí, fue condenado por sus artículos denunciando lo ocurrido; que Manuel Rincón solicitó un nuevo destino pero que, al correr la voz de su traslado, una comisión de vecinos, en nombre del pueblo agradecido, acudió a rogarle encarecidamente que no abandonase el cuartel de Riotinto. Y es cierto que para recibirlos el teniente vistió su uniforme de gala y que, al escucharlos, conmovía el brillo en los ojos de aquel hombre. Manuel siguió aquí hasta su muerte. Que las teleras continuaron envolviendo en sus noches sulfurosas el valle del infierno. Y que aquel 4 de febrero dio para siempre un nombre que aún pervive en la memoria de las gentes. El año de los tiros.

—Pero, ¿y Maximiliano y Lucía y usted... y mi abuelo?

—¿Quieres saber qué pasó con los demás?, ¿qué fue de nosotros? —apoyó la espalda en la pared, las sucesivas capas de cal, azuleando de tan blancas, crujieron como hojaldre. Por un momento la anciana pareció perder el equilibrio.

—¿Se encuentra mal?

—Un ligero mareo, nada. Ya se pasa.

—¿Necesita algo?, ¿quiere recostarse?

—No tiene importancia.

—Prefiere que...

—Sólo estoy algo fatigada, no te preocupes, de verdad, deseo seguir contándote. Conmigo en brazos, mi madre corrió al hospital. Allí ya estaba John Francis White. La tranquilizó: había perdido el conocimiento, nada más, y la herida, que podría haber sido mortal, presentaba únicamente desgarro muscular, quemaduras leves.

—Aunque —me susurró al oído cuando abrí los ojos—, tendré que comprarte otro vestido nuevo.

«Un milagro, su ángel de la guarda», decían, persignándose, las viejas. Mi ángel de la guarda, no sé; pero desde luego un ser con alas, sí. El año de los tiros dejó en mi cuerpo su señal, esta cicatriz (un día ojeando un mapa descubrí algo muy curioso: su forma imita el curso del Tinto, como si me hubiesen bordado a fuego, del pecho al hombro, un pequeño río en miniatura, incluso el tono que la piel tomó en esa zona lo recuerda). Y en mi mente, durante muchas noches, pesadillas. Siempre la misma. Me veía tumbada boca arriba en la mesa de un hospital. Vacía la habitación, salvo, helada y difusa, una luz blanquecina que lo envolvía todo. En el centro, yo sola sobre la tabla. Luchaba por incorporarme pero cualquier esfuerzo resultaba inútil. Sí, sentía los brazos, las piernas… sin embargo, ninguna parte del cuerpo me respondía. Excepto los ojos —el movimiento de mi globo ocular sí lo percibía con extraordinaria intensidad—. Y tampoco podía hablar ni emitir siquiera sonido alguno. Estaba paralizada, como adherida a aquella esterilizada superficie, en la silenciosa sala de un hospital tomada por un claror extraño que no parecía proceder de ningún sitio. Tarareaba mentalmente una canción de cuna, una nana que mi madre me cantaba para dormir. Y entonces —¿de dónde?— comenzaban a caer, sin ruido, lentamente, pájaros muertos. Una lluvia de pájaros muertos. Se desplomaban sobre mí y yo notaba el roce sin vida de sus plumas, los pequeños cuerpos fríos amontonándose sobre mi pecho. Hasta que me cubrían, hasta que me sepultaban por completo.

Blanca apartó con la mano algo invisible ante su rostro.

Esa noche —prosiguió— Riotinto era también la misma noche. Una aplastante negrura que, de improviso, se partió en fulgores: el grandioso malacate que desde el otero de la corta norte presidía como un tótem nuestras vidas, esa deidad o esfinge muda que nos vigilaba permanentemente y parecía conocer, omnisciente, cada minuto de nuestro día y, aún más inquietante, cada sueño y pensamiento, ardía. Alguien, protegido por las primeras sombras, le había dado fuego y crepitaba como el ser vivo que siempre lo creí. Su estructura en llamas lanzaba crestas altísimas, oscilantes, una invocación al cielo mudo. Aquel emblemático símbolo se consumía e iluminaba el valle con sus últimos resplandores. Pero nadie salió a contemplarlo, cerradas las casas, atrancadas las puertas, los postigos cegados. Reinaba el miedo. Y el coloso ardía solo, se consumía solo. Hasta desmoronarse, con un atronador crujido, en una pila de cenizas.

—¿Y nadie en Bellavista...?, ¿mi abuelo no...?

—Sí, sí, tras los sucesos, nueve altos cargos del personal británico presentaron inmediatamente y con carácter irrevocable su dimisión. Entre ellos, tu abuelo, que no quiso hacerla efectiva ni marcharse hasta que los más graves de los innumerables heridos que saturaban el hospital y los que por temor permanecían en sus casas estuviesen fuera de peligro.

Sesenta y cuatro años —una vida— después, Blanca Bosco observó la expresión de la nieta de aquel médico inglés. Tal vez ésa fuese la recompensa.

—En un primer momento dimos por muerto a Maximiliano. Pero él y el alcalde de Zalamea, saltando desde una ventana de la parte trasera, habían conseguido escapar antes de que el capitán Nazario Infante los detuviera. O, visto lo sucedido, no es de extrañar que les abriera de un balazo la cabeza. «¡Al cabrón anarquista me lo cargo!» —le escucharon jurar. Contra «el peligroso revolucionario» se dictó busca y captura. Lo responsabilizaban de todo lo ocurrido. Para «restablecer el orden y permitir la vuelta sin coacción al trabajo, para —qué sarcasmo— asegurar la paz y evitar más violencia», entraron nuevos refuerzos del Regimiento de Pavía y el pueblo quedó bajo estricta vigilancia militar, tomado. Pero Maximiliano se las ingenió e hizo llegar un recado a Lucía: tenía que alejarse, que desaparecer y, si bien marchar juntos ahora era locura, quería que más adelante nosotras nos reuniésemos con él. Citaba a mi madre cuarenta y ocho horas después en la mina romana abandonada —una corta inundada de aguas negras y quietas, amarillentas de azufre en sus orillas—, que había junto al puente de los cinco ojos. Allí se despedirían —«De momento, sólo de momento»— y acordarían cuándo, cómo y dónde encontrarnos.

—¿Nos vamos? —quise saber en cuanto mamá regresó con el pelo mojado de lluvia.

—Nos vamos.

—¿Y se fueron?

—Sí y no.

—Me pierdo.

—Sí, porque marchamos de allí. No, porque nunca lo seguimos, porque jamás volvimos a encontrarnos. Mi madre tenía razones, y eran las mismas para lo uno que para lo otro. A la enamorada quizás no le hubiese importado liar sus cuatro cosas y carretera y manta, pero a la madre... Existía yo. Yo, y el hijo que esperaba.

Katherine arqueó las cejas.

—Estaba embarazada de Maximiliano Mallofret. Nadie más que ella lo sabía. El mismo padre, incluso, lo ignoraba. De hecho, nunca lo supo, no se lo contó en aquella entrevista. Decidió asumirlo sola. Sabía que, al enterarse, no consentiría en marchar y, en aquellas circunstancias, las mismas palabras de su revelación serían las de condena. Y si iba tras él, ¿qué futuro le aguardaba a una niña y a la criatura ya en camino? Se tragó sola su dolor. Muchas veces me he preguntado qué se dijeron en aquel último encuentro, qué palabras resonaron en la mina abandonada o se llevó el viento por el viejo puente, bajo la lluvia. Lo que sí decidió fue abandonar Riotinto. Nos iríamos al menos hasta que todo —y todo era mucho— se perdiera, más difuso, en el olvido del tiempo y del alma. La zarza que hasta entonces parecía clavar sus espinas en nosotras, piadosamente, se desenredó, un hermano de mi padre que había dejado la mina y marchado a Zafra, pero con el que nunca perdimos contacto, mandó razón: en un cortijo al norte de la provincia, metido ya parte en Extremadura, se necesitaba a una mujer para que residiera permanentemente como guardesa. Aunque a menos de dos kilómetros había un apeadero, el sitio estaba bastante aislado y tendría que hacer un poco de todo. Especialmente poner la casa a punto cuando anunciaban su visita los señores y cocinar y atenderlos mientras permanecían con sus invitados. Cosa que, no se preocupara, sucedía pocas veces, cuando venían de montería o a la matanza. Entonces, además, solían traer para que ayudase en las faenas a alguna muchacha de la aldea más cercana. Los dueños vivían en Madrid, tenían título, condes de Almudí. Se trataba de un matrimonio ya mayor, sin hijos —bueno, sí, con una hija, pero, casada con un extranjero, residía en el país de su marido— y dueños de una considerable fortuna. Buenas personas. Ésas eran las referencias. Mamá aceptó, y en cuanto mi herida no precisó de más atenciones que las que ella podía dispensarme, nos trasladamos inmediatamente. Ah, Katherine, cuando vi aquellas dehesas de encinas y alcornoques... todo, hasta perderse la vista, jugoso, verde por las lluvias del invierno y puro el aire y muy azules y limpios los cielos. Y al fondo, muy al fondo, las últimas estribaciones de Sierra Morena. La finca era espléndida. Nosotras ocupamos una casita cercana a la vivienda principal. A mí, comparada con la de Riotinto, me pareció un alcázar. ¡Si hasta tenía chimenea, y tan grande que cabía en ella! ¡Y macetas pintadas de colores en la puerta¡ ¡Y un pozo! Además, yo correteaba a mis anchas por la mansión, aquello sí era un palacio, salones decorados con espejos y cabezas disecadas de jabalíes y ciervos, sofás de cuero, una vitrina con una colección de armas antiguas, relojes de pie que, al sonar, llenaban la casa de música, una cama alta con algo que yo no había visto nunca, ni sabía que existía: un dosel, y un mesa laaaarga, a la que podían sentarse cómodamente doce, trece, ¡catorce comensales! Qué historias no inventé en aquellas habitaciones solitarias, cubiertos sus muebles de sábanas como colinas de nata. O conjura de espectros. Y la pequeña biblioteca. Libros, libros, libros... toda una pared. Tediosos, aburridísimos... hasta que descubrí los que seguramente fueron de la hija de los condes. Cuando llegaban las tardes de otoño o de invierno y el frío me encerraba en casa, no tuve placer mayor que sentarme junto al hogar bien encendido con troncones de encina y devorar historias fantásticas o curiosidades de las enciclopedias. «Lee en voz alta, hija —me decía a menudo mi madre, mientras realizaba alguna labor de costura— y ten mucho cuidado con el libro, ¿te has lavado las manos antes de cogerlo?, no dobles las hojas, recuerda que no es tuyo; y si lo fuera, aún menos.» E invariablemente añadía: «Aunque las palabras cuando son letras no debieran pertenecer a nadie; lo escrito, para todos.» Una de aquellas noches de frío fuera y, dentro, fuego y lectura, le escuché algo que jamás he olvidado. Le gustaban mucho las antologías de frases célebres o pensamientos seleccionados de grandes autores. A veces, copiaba alguno que llamaba especialmente su atención y lo guardaba. Le leí:

—«Dadme un punto de apoyo, y moveré el mundo.»

—¿Quién dijo eso?

Debajo estaba el nombre: Arquímedes, matemático y físico griego.

—Pues ese matemático no sabía poner el punto sobre la i. O no buscó bien. Porque el punto existe: no es ni más ni menos que el amor —sentenció mientras mojaba de salivilla el cabo de un hilo— . Ay, cada día veo menos, a ver si tú puedes enhebrarme la aguja —y siguió hilvanando un dobladillo.

Me hice amiga de porqueros y pastores, alrededor del fuego y de unas migas contaban historias de lobos y aparecidos, y una primavera me llevaron hasta los Picos de Aroche, a ver donde anidan los buitres. En el cortijo, yo ayudaba a echarle de comer a las gallinas y a los pavos, abrir las ventanas de la mansión para que se oreara, a limpiar el polvo, abrillantar el metal, regar la huerta y, tras las matanzas, aprendí a embutir. Y tuve un borrego y un chivito, incluso un jabato. Aquéllos fueron de los más felices años de mi vida. El tiempo sentido por el paso en la naturaleza de las estaciones y éstas marcadas por sus faenas propias. Días de rodar por la yerba, mirar aquella luz rosácea, malva que, en la tarde, se quedaba enredada en los picos más altos de las sierras lejanas, beber agua del pozo en un cucharro, descubrir que llegaba abril, llegaba mayo, y los prados se volvían blancos de margaritas, amarillos de jaramagos... ya ves, algo tan familiar para otros, una sorpresa para mí. El paraíso. Sin embargo, y con frecuencia he pensado en ello, cuando elegí un lugar, digamos para volver a la tierra, no lo dudé: Riotinto. Podría haber ido en busca de aquel horizonte, de las dehesas donde descorchan los alcornoques, de las riberas de chopos que, en octubre, son un ejército de lanzas de oro. Y no: vine a las minas. Regresé.

—¿Por qué, Blanca?

—¿Por qué? Eso mismo me pregunto yo. Si siempre mantuve que «el mal del gallego chico» —como decía mamá—, la saudade, es polilla, carcoma; y lo peor, como si por ese abandono nos obligásemos a purgar con una especie de penitencia autoimpuesta. ¿Por qué entonces? No sé, Katherine, supongo que los dos polos del mismo imán: nacimiento, muerte. Completar el círculo. Y Corta Atalaya es los círculos del Círculo, es la escalera de caracol de la tierra, ¿sabes cómo llaman al eje de tales escaleras?

Katherine negó con la cabeza.

—Alma. Quizás por eso... Pero dejémoslo. Sí, dejémoslo. Un día, al mes más o menos de llegar, me balanceaba en el columpio:

Si peinas mis cabellos,
si peinas mis cabellos
con peine de coral,
verás por la mañana,
verás por la mañana
mis ojos verde mar.

cuando, en lontananza, por la senda del apeadero, distinguí la silueta de un hombre alto y delgado. Caminaba hacia el cortijo. Supe enseguida quién era.

—¡Mamá, mamá, que viene míster White! ¡Que por ahí viene míster White!

Ella se apresuró a quitarse el delantal, a cambiarse de traje —había matado una gallina y estaba escaldándola con agua caliente para desplumarla—, a arreglarse el pelo. De pronto, reparé: ¡hacía mucho que no la veía tan guapa! Tu abuelo agitó un brazo saludando. Con el empeine derecho me froté la otra pantorrilla ¡y volé a su encuentro!

—Hola, Hada.

Abrazada a sus piernas —¡era tan alto! ¡Y cabían tantas cosas en aquel abrazo!— reviví el día en que, al oscurecerme su sombra, alcé la vista y sentí una extraña punzada nueva a la que aún no sabía darle nombre.

—Vengo a despedirme.

Había concluido las intervenciones más delicadas en el hospital. Le asqueaba lo sucedido. No trabajaría más para la Rio Tinto Company Limited. Retornaba a su país.

—A deciros adiós.

Salí corriendo y me encerré en el desván de la mansión. Como papá, como Maximiliano, como Estrella... ¿tampoco él volvería?, ¿ésta era la última vez que nos veíamos?, ¿también el príncipe desaparecía de nuestras vidas? Si así había de ser, entonces, cuanto antes mejor: preferible no mirarlo ahora, comenzar a borrarlo ya. Si hay que perder, rápido y de golpe. De esa forma concluiría antes (mentira, pero entonces no lo sabía) la tarea (inútil, pero entonces no lo sabía) del olvido. Los príncipes traicionan como cualquier mortal, pero su deserción, tanto lastima, tan delicadamente hiere, que duele más. Me encerré. No respondí a sus llamadas. Y me eché a llorar. Dejaba que las lágrimas se deslizasen, tibias, por las mejillas hasta probar su sal. Me odiaba por comportarme así. Quería castigarlo y, como un bumerán, me golpeaba yo. Un bucle del que no sabía escapar. Apoyada contra la puerta del desván, aquella niña se sentía tremendamente desgraciada, perdida como los objetos abandonados que, en desorden, me rodeaban. Desde la ventana lo vi entrar precedido de mamá en nuestra casa. Yo luchaba por salir y por quedarme. Arrepentimiento y orgullo libraron la primera de sus batallas en mí. Venció quien no debía y, tan rabiosa conmigo misma como triste, permanecí oculta y enojada. Al cabo de un rato —que tiene en mi memoria la forma ojival de la ventana—, reaparecieron. En el cielo, al sur, se formaba una solitaria nube como una jirafa patas arriba, y hacia el oeste se deshilaba el humo de alguna hoguera de pastor. Igual que en la despedida de Maximiliano, cuánto hubiese dado por saber de qué hablaron. Se dijeron adiós junto al pozo. No sé cómo pude aguantar en la buhardilla. ¡Lo he lamentado tantas veces! A través del cristal, los contemplaba —mordiéndome las ganas— allá abajo, sin poder escuchar qué se decían. Dos figuras, una frente a la otra, muy cerca, sin apenas gesticular, sólo el movimiento casi imperceptible de los labios. Estaban detenidos al lado del brocal y el caballero de los pájaros tomó la mano izquierda de mamá y, pausadamente, la aproximó a su boca, se inclinó un poco y la rozó con lo labios, pero no la besó en el dorso, la hizo girar, la volvió, y fue en la palma de la mano en donde dejó, más profundo, más hondo, su beso. Miró después hacia donde yo estaba e, igual que a su llegada, agitó al aire un brazo. Me aparté rápida de la ventana, escondida a un lado, no quise ver cómo se alejaba hacia las sierras moradas y se perdía camino de una isla de niebla. Pasé todo el día en el desván, no bajé a comer, y mamá no subió a buscarme. Me dejó. Me daba tiempo para hacer las paces conmigo misma. Cuando las sombras convirtieron aquel extravagante abarrotamiento de cosas inanimadas en inquietante reunión de formas vivas y el viejo abrigo que colgaba del perchero ya era un ahorcado y a las altas botas negras les crecían pies dentro, bajé. Mamá sólo dijo: «El dolor de muelas no se va porque nos clavemos las uñas. Lávate las manos, y corta una ramita de yerbabuena, la sopa está lista.» Pero mi larga estancia en las alturas, amén de lastimarme, me había proporcionado algo maravilloso: entre los cachivaches descubrí, arrumbada, una bola de cristal con una pareja de ángeles patinadores dentro, al invertirla, comenzaban a caer copos de nieve. Me la quedé. Ése fue el inicio de mi único afán coleccionista. En las noches de verano, cuando la luz de la luna llena bañaba las dehesas y no se escuchaba más que algún cencerro lejano y el canto de los grillos y mamá me dejaba acostarme tarde, le daba la vuelta e imaginaba que era yo quien patinaba en un cielo helado con uno de esos ángeles. Y siempre, aunque estuviese congelada el agua —o las nubes—, no importaba, siempre había cisnes.

—No me gustan.

—Ni a mí tampoco, son unos desclasados, olvidan rápidamente que han sido patitos feos. Pero ¿qué quieres?, en los románticos sueños infantiles decoran mucho. Pasaron los meses y a finales de septiembre nació el niño. Mamá se puso de parto estando sola conmigo. Yo había cumplido ya doce años, no podía permitir que me llevaran los nervios. Y en el cortijo había visto parir a los animales. Ella estaba serena y seguí punto por punto todas sus instrucciones, lo único que me asustó y me dio repelús fue el cordón umbilical, como la piel mudada de una culebrina, me parecía que al cortarlo se asfixiaría el niño y que por él, roto, comenzaría, igual que por una pequeña manguerita, a salir con fuerza sangre y sangre y más sangre. No hubo afortunadamente ninguna complicación, al contrario, resultó un parto rápido y fácil. Y yo, ¡bueno, qué orgullosa!, había ayudado a traer al mundo a ese chico que lucía una suavita pelusilla rojiza en la cabeza. La experiencia más hermosa de mi vida. ¡Qué emoción escuchar su llanto! Tenía un hermano. Medio hermano. Para mí, como si lo fuese completo. ¡La de cosas que tenía que enseñarle! ¡Lo que le iba yo a contar de las minas de Riotinto! Pero todo lo sencillo que fue el nacimiento, se trocó en complicaciones posteriores, la salud del bebé era muy delicada, frágil como la escarcha y, como ella, se quebró a las ocho semanas y media de nacer. Algo de sus pulmones. Fue un golpe durísimo para mi madre. Nunca la había visto así, destrozada, deshecha. Se derrumbó. Toda una vida resistiendo, acumulando como una presa firme el agua, y una inesperada tormenta hace que tanta fuerza retenida no se contenga ya y rompa el muro y se desborde. No se repuso de esa pérdida. Desde entonces, Lucía ya no fue la misma. Sí, el tiempo unta bálsamo, unge las heridas, y volví a verla sonreír, la escuché canturrear mientras tendía las sábanas blanquísimas al viento hinchado de la sierra. Pero no. No, ya no. Con el ataúd pequeñito, que parecía un juguete, se enterró también aquella pasión de vivir que dos personas llamábamos Lúa.

—Para el primero que entró en mi cuerpo y para la que salió de él. Para nadie más.

Y pasaron los años y crecí y cuando cumplí quince decidió que aquel apartamiento había estado bien por ese período pero que ahora se volvían las tornas y lo que hasta entonces resultaba conveniente dejaba de serlo. Una jovencita de mi edad no debía seguir criándose alejada del resto de la vida, para lo bueno y para lo malo. Los mismos condes, que nos tenían gran aprecio, facilitaron con su recomendación un trabajo en un taller de costura en Huelva. Y a la ciudad atlántica, a la que ve desembocar unidos en un estuario Tinto y Odiel, allí nos trasladamos. Y allí supimos que Néstor Ulloa, su bulldog y su anillo de oro, ya no estaban, ejercía ahora como gobernador en Santiago de Cuba. Curiosamente en el país al que, según las noticias que teníamos, había regresado Maximiliano Mallofret. El destino.

—¿Y Lucía nunca más volvió a Riotinto?

—Al llegar octubre, todos los años, hacíamos una maletita y subíamos al tren. Mi madre acudía fielmente a escuchar la Esquila, era una peregrinación y un ritual: violines en las noches primeras del otoño. Música que es la venganza de la melancolía contra sí misma. Nos alojábamos con familiares y amigos. Largas conversaciones y recuerdos, nuestra calle, la casa, el hospital arriba en la colina, el cementerio donde estaba la tumba de papá... Volvíamos, como las aves a Doñana, cada año. Hasta el mismo de su muerte, acudió mamá a esa cita de suave —pero sin posibilidad de antídoto— veneno del alma. Tenía una obsesión, vivir lo suficiente para ver desaparecer las teleras.

—Mientras esas bocas del infierno estén todavía echando humo, no pienso cerrar los ojos.

Y aunque la perdí muy joven aún, y la recompensa parecía no llegar nunca y la esperanza se desvanecía, y a mí —sabiéndola ya enferma— me ganaba a menudo la impotencia, ella —consciente también de su mal— nunca desfalleció: «No te preocupes, hija, he prometido que no me voy sin verlo y esa fulana de la guadaña no es quien para que falte a mi palabra. De aquí no me lleva sin verlo.» Una tarde de 1907, diecinueve años después de aquel terrible sábado, descorché una botella de vino y brindamos por un sueño compartido por vivos y muertos: la última telera se había apagado. Aquel otoño, cuando regresamos, ella se quedó. Para siempre. Sonaban de madrugada los violines al comienzo de la calle y se iban encendiendo, como luciérnagas, las ventanas. Extrañada de que no se levantase, fui a su cuarto. Dormía. Pero su sueño era ese del que ya no se despierta. Quiso quedarse aquí. Junto a mi padre. Entre sus cosas íntimas encontré una vieja hoja, amarillo el papel, con una frase copiada de algún libro: «Todos vivimos en las cloacas, pero algunos miramos las estrellas.» La había subrayado.

Shadow empujando con la cabeza, dando golpecitos con las patas delanteras, reclamaba la atención de su dueña. Blanca se inclinó y le acarició el pecho, le rascó tras las orejas. «¿Dónde se ha visto? ¡Un perro tan grande y tan mimoso!» Luego, estando próxima, miró de muy lejos a aquella joven que, en la filtrada luz, se borraba por segundos ante sus ojos. «Los constantemente húmedos ojos de los ancianos —pensó—, los míos.» Tardó en hablar. Cuando lo hizo, fue ganado ya ese esbozo de sonrisa que Katherine relacionaba con lo que debía ser la música misma de la Esquila.

—La bella descendiente de míster White ha sido complacida —dijo—. Espero que hayas encontrado lo que venías buscando.

Katherine comprendió que Blanca Bosco colocaba ahí el punto final. Le quedaban todavía preguntas por hacer, pero había aprendido a conocer al Hada lo suficiente al menos para interpretar gestos, tonos, la intención de las frases. Sabía hasta dónde y respetaba. Como anzuelos colgados en su historia, el resto de las interrogaciones viajarían con ella hasta Inglaterra. Pero había una —y no era nada relativo al año de los tiros—, y ésa... No, sin saciar aquella curiosidad, sin esa respuesta, no podía marcharse. Aunque fuese entrar en un terreno tan privado, se arriesgaría, tenía que saberlo. Buscó un nuevo cigarrillo.

—Blanca...

—¿Sí...?

—Quisiera preguntarle algo.

—Estoy segura de habértelo contado todo. E incluso bastante más, mucho más.

—Es personal.

Katherine advirtió aquel movimiento de retracción, como las uñas de los gatos, que ya observara en su primer encuentro. Pero enseguida el gesto de la anciana se relajó.

—¿Íntimo?, ¿y cómo calificarías lo que has escuchado estos días?

—Se trata de Jacobo Gil.

—¿Y...?

—Rebeldía, Belleza, Libertad.

—Por supuesto. ¡Siempre!

—De él... y de usted.

—Sí...

—De ambos.

—Ah...

—De su relación.

—¿Qué?

—Ya sabe...

—No, no sé. Dímelo tú.

—¿Eran, fueron...?

Tuvo la sensación de que conocía perfectamente a qué se

refería, cuál era su pregunta, y que se divertía viendo su nerviosismo. Gozaba con aquel juego. Decidió olvidar los discretos modales de colegio británico y no dar más rodeos.

—Creo que él y usted fueron amantes.

Blanca Bosco apoyó con firmeza las palmas en el poyete y, con un pequeño esfuerzo, se levantó. «A mis setenta y cinco años —masculló mientras se daba una suave friega en las rodillas entumecidas—, aún me avergüenza la primavera. Reta nuestros sentimientos y, de inmediato, se muestra displicente con lo que nos acaba de provocar. Es, a la vez, desafiante e indiferente.» Luego, muy despacio, fue hacia uno de los macetones de las esquinas —una cigarra brincó de entre las hojas— y desprendió una flor seca. La deshizo entre las yemas de sus dedos, sopló y, mirando volar los restos de pétalos, lo dijo: «Nunca existió.»

—Nunca existió.

—Pero yo he tenido en mis manos su libro, he leído su nota biográfica, sus textos...

—Me lo inventé. Jacobo Gil soy yo.

La vio cruzar ante ella, más torpe el paso y algo arrastrado, más anciana que nunca. En realidad, la sentía anciana por primera vez. Y siguió contemplándola en silencio hasta su desaparición en la penumbra acogedora de la casa.

—*La Creación* ha terminado. Voy a apagar la radio, no soporto la propaganda y mentiras del parte —iba refunfuñando mientras, azul, rojo, azul... acariciaba su corazón.

III

THE NIGHTINGALE'S SHADOW

Necesitaba sentir el aire frío. Abrió la ventana. Una ráfaga de viento trajo desde la abadía de Westminster las campanadas del Big Ben. ¿Qué hora era? Había perdido la noción del tiempo. Cerrados los comercios, apagados sus escaparates de parpadeantes colores, apenas quedaban transeúntes. Ella no tenía cicatriz —no de esa clase al menos— pero era fácil adivinar que aquella noche nevaría. Pensó inmediatamente en la colección de bolas de cristal, en su sorpresa al abrir las puertas con luna del ropero y descubrir que sobre las baldas se alineaba un fabuloso ejército multiplicado hasta el infinito en el reflejo doble de las hojas de azogue. El tesoro de un hada. De quien, al despedirnos, nos solicita al oído un deseo: «Vuelve a pronunciar las palabras.»

—*Nightingale*.

Porque, dice, las palabras curan, sanan. Las palabras son mágicas.

—*Shadow*.

Shadow. Nightingale. Miró a su alrededor, como esas madrugadas que, olvidado que dormimos en hotel o casa ajena, despertamos y el interruptor no está donde debía, y la pared que no palpamos tendría que estar ahí. Con tal enajenamiento contempló Katherine lo que la rodeaba. No olía a canela, no sonaba una radio, no caían los rizos de unos pámpanos verdes tras cristal. No era la cocina de Blanca Bosco. Estaba en Londres, en su casa. El elegante salón perfilado sólo a la luz del escritorio. Se acercó, allí naufragaba la cuartilla con sus olas azules. Tomó la pluma y volvió a soltarla. No se encontraba con fuerzas para concluir la carta, mañana... sí, mañana, ahora ni podía ni quería luchar contra los recuerdos que aquellas líneas le habían traído. Disfrutaba agridulcemente de ellos. El mal del gallego chico. ¿Quizás otra copa? Pero bourbon. ¿Y dónde estaba la cajetilla de tabaco? No, ya no bebía ni fumaba tanto. Menos desde luego que la última noche en casa de Blanca. Mas, sin el empuje del alcohol, sin el valor que le proporcionaba ese deslenguado, cómo la nieta de míster White hubiese sido capaz de revelar a la anciana lo que jamás a nadie había contado.

A veces sucede. A quien bien nos conoce y conocemos, al amigo íntimo, no: un algodón empapado en irracional pudicia nos sella la boca, imposible cruzar ese puente custodiado por el cancerbero más feroz, el más celoso: la autocensura. El paso a nivel mantiene echada la barrera. Y al amigo no le hablamos. Sin embargo, la llave que guardamos bajo llave en el cofre que escondemos en el cajón oculto del bargueño que se encuentra en la sala prohibida del castillo que no figura en mapa ninguno... se entrega a quien acabamos de conocer. Esa llave de humo Katherine la dio aquella noche que precedió a su partida. No hizo partícipe a Blanca de su secreto porque el aguardiente, al tiempo que adormecía el paladar, quemara sus defensas. Desde que ocurrió aquello había comenzado a beber, no buscaba refugio

—lo sabía inútil—, pero sí cierta obnubilación y, masoquistamente, el malestar, incluso el remordimiento posterior. Superponía así la inmolación al superior desgarro. Voluntariamente bebió para contarlo, porque necesitaba escucharse a sí misma decirlo, oír convertido en palabras lo que hasta esa noche —lejos de su país, de su entorno— no aceptaba nombrar. El bourbon de hoy era ya sereno, no más que un compañero para el viaje largo y espiral del recuerdo: se vio de nuevo ante quien había sido la inasible niña de sus cuentos. Cierta, real, tangible, víctima como cualquier mortal del tiempo. Y ella, Katherine White, treinta años después, le decía: «Me casé apenas cumplidos los veinte, ¡estaba tan enamorada! Richard es el primogénito de una familia acaudalada y yo contaba también con una buena dote, pensé abrir enseguida una tienda de antigüedades, mi padre me había transmitido su gran afición por las piezas de época, desde muy pequeña me llevó a lo que denominaba «mis rastreos» y, apasionado y experto, como si fuese el juego de la búsqueda del Grial, al tiempo que me divertía, me iba ilustrando, aleccionando. Cuando me convertí en la señora del prometedor y guapo profesor Sherwood ya conocía y dominaba los recovecos del oficio, y me encantaba. Pero a los trece meses de la boda vinieron los mellizos. Niña y niño. Helen es metódica, calculadora, constante, voluntariosa, de mente lúcida, y también es fría, tremendamente racional, conservadora y práctica; John es imaginativo, muy sensible, tímido, con un extraordinario sentido del humor, mucho más vulnerable que su hermana, infantil, complejo, poco sociable, idealista. Creí que mi papel era enseñar, que la maternidad era camino de una sola dirección, estaba equivocada: de ambos he aprendido: de Helen a trazarme metas y perseverar; John me ha abierto los ojos a... ¿cómo lo explicaría?, a situarme. A eso que le dije hace dos, tres días —y me parece un siglo—, mirar al otro lado del muro. Yo no esperaba dos hijos de golpe. Archivé mis planes. Y la vida transcurrió felizmente monótona. Richard prosperó en la universidad, publicó un par de prestigiosos ensayos sobre la pintura prerrafaelista, lo invitaban a congresos, daba conferencias, los chicos crecían... Yo no había perdido las relaciones con el mundo de las antigüedades y hace unos años, poco antes de lo de mamá, decidí aventurarme y cumplir mi ilusión. Inauguré mi tienda. No puedo quejarme, funciona de maravilla. Richard me animó a hacerlo, él tiene...»

Iba a añadir «mucho gusto y estupendos contactos». Pero ahí Blanca la interrumpió.

—Sé lo duro que es perder a quien se ama, lo doloroso que resulta acostumbrarse a hablar en pasado. Renunciar al *nosotros* y comenzar de nuevo a decir solo *yo*, ese salto brutal del plural al singular lo es sobre el vacío del amor. Sobre el tiempo que inconscientemente intentamos retener en los verbos. Hablas de tu marido y dices: «es», «tiene». Amiga mía, he aprendido que para evitar que nos empuje el tiempo a ese vacío hay que asumir el pretérito: «tenía», «era».

—Pero es que *tiene* y *es*.

Fue un momento difícil. Explicarle que le había mentido era explicarse a sí misma por qué se había engañado. No encontraba aún la respuesta. No era como esconderse tras un seudónimo. Jacobo Gil, Blanca Bosco. No se trataba de eso. No fue premeditado, la primera vez, en Bellavista, saltó aquella palabra —«viuda»— como un acto reflejo y defensivo, un escudo, un blindaje. Se sorprendió a sí misma al oírse. Se asustó. Pero no pasó nada. Cuando Blanca le preguntó, a poco de conocerse, instintivamente lo repitió:

—Viuda.

En enero, de la manera más brusca y cruda que pudiera imaginarse, había descubierto la infidelidad de su marido. Con otro hombre. Sin escenas, sin dramas, mirándolo a los ojos, Katherine lo escuchó. Aunque le pareciese la voz de un desconocido, de un desconocido, no, de un doble de Richard que hablara desde un cuerpo vendado, desde una crisálida. Frases que tenían densidad, que eran medibles y pesables, táctiles pero blandas como caucho tibio y llegaban mientras inclinada al precipicio del que parecía surgir la voz, lo único que entendía —acababa de comprenderlo— era que el equilibrio radica en el oído, un líquido que aquellos sonidos agitaban como una tempestad, olas, olas sucias dentro de su cabeza, y ella iba a arrojarse sin gritar, sin pedir auxilio. Sola. Impotente iba a lanzarse al vértigo. Pero continuaba mirándolo, dolorosamente fija, ahora ya sin verlo: entre ambos se transparentaban las imágenes más dulces de aquellos veinte años juntos —del juego al escondite una tarde por las salas de British Museum a la curiosidad de observar aquella primera mañana el ritual con el que se afeitaba—. No quería saber —¿no?—. Pero lo precisaba para el descendimiento. Para ese dejarse caer hasta notar el golpe seco contra el suelo y sentir que era cierto, real. Necesitaba conocer. Tenía derecho a la verdad. Y la supo: desde antes de la boda y después, durante todos aquellos años. Siempre fue así. Hombres. Con Richard. Cuerpos semejantes haciéndose el amor.

—Cuando usted me habló del ingeniero inglés y de aquel muchacho, estuve a punto de...

No tuvo coraje, no reunió valor. No, porque era ella quien se precipitaba en Corta Atalaya. Y no le crecían —como al poeta, a Blanca— alas para sobrevolarla. Richard dejó la casa. El próximo curso —parecía lo idóneo — solicitaría su traslado fuera de Londres. A John y Helen no le dijeron más que se habían separado. Lo mismo, por supuesto, contaron a familiares, amigos, conocidos.

No saben amar por igual cuerpo y mente. Y ni él ni ella podían.

El de la blusa en la piel, no: el del embozo de la sábana que la anciana dobló cuidadosamente sobre su pecho aquella noche de abril era el que ahora, casi tres años después, volvía a rozar a Katherine. Blanca la acostó, la arropó como a una niña chica, permaneció sentada junto a su cama hasta que la quietud, ese extraño sosiego que sigue al llanto, la durmió. Y sólo le hizo una pregunta.

—¿Lo compadeces?

—No.

—Menos aún te compadezcas a ti misma. La lástima, lastima.

Le contó del vano combate contra los íntimos fantasmas, inútiles puñetazos al aire: «Cuánto mejor —le dijo— coger con cuidadito sus sábanas, lavarlas, plancharles las arrugas y... bordarles, sin rencor, nuestras iniciales.» Y le habló del dolor y el amor. Dos palabras que crean entre sí un espacio de aprendizaje, de conocimiento. Puede ser una estepa o un campo mágico. Dos palabras muchas veces siamesas. Difícil separarlas sin matar a una de ellas. «Dos palabras que, en mi idioma, riman.» Mas, lo peor, es que a veces entre ambas sólo existe la nada, la más terrible y absoluta nada.

Al despertar, no se sintió —tal como supuso— avergonzada ni culpable ni furiosa ni triste ni turbada. Y el espejo, al que dudó asomarse pues temió —y eso parecía imposible pero, sí, por un instante lo creyó— que le devolvería un rostro desconocido, que en sus aguas se reflejarían rasgos distintos a los suyos y lo que sería aún más inquietante: no ajenos del todo, no extraños por completo: reconocibles después de que el azogue lanzara su centella, ya que sería su otro rostro, el que, como la cara oculta de la luna, velamos y aflora sólo cuando un soplo —que ignoramos de dónde procede— nos desordena las facciones y nuevamente las coloca, cambiadas, alteradas, mas perfectamente identificables desde el estupor y la esperanza, ese espejo de los espejos, no mudó su mirada. Ni la silueta de su sombra en la pared se levantaba de la cama antes que ella y, ajena a su cuerpo, independiente, se deslizaba sola por el muro, oscureciendo con su perfil la cal. No, nada de eso, la mañana amanecía como de talco, de polvos de talco cayendo suaves sobre la piel sonrosada de un recién nacido. La tierra no se abría y la tragaba. En Blanca encontró los «buenos días» de siempre y el desayuno con un ramo de lilas adornando la mesa. La calma de aquella cocina, la serenidad de la luz de Vermeer.

—Ya no eres sólo una fisgona —le dijo, mientras ella, que había insistido, fregaba las tazas—. Al llegar, me aseguraste que estabas aprendiendo a mirar al otro lado del muro. Parece que aunque tu muro no sea el de Bellavista, lo has saltado.

La luz de Vermeer, la paz de aquel momento.

¿Por qué entonces no había sido capaz en ninguna de las cartas enviadas —y ya sumaba muchas— de contarle *lo otro*? En teoría, por escrito, parecía más fácil. La confesión encerrada en un sobre violenta menos que abierta en la mirada. Y no obstante.... Lo de su esposo, sí; y eso, sin embargo, no.

Le había dado mil vueltas y decidido, al fin, que aquella cuartilla a medio terminar acogiera las palabras ocultas. De hecho, tras la preocupación por la falta de noticias, era ése el motivo principal de sus líneas. Y allí estaba, como una gaviota abierta de alas en el escritorio. Sin levantar el vuelo. Y en realidad, era tan fácil. Además, resultaba bastante posible que Blanca ya lo supiese. Lo más probable. ¿Lo sabría? ¿Cómo se lo habrían contado?

Fue así: tras abandonar de mañana la casa, dedicó —tal como tenía previsto— el día a recorrer las minas: descubrir, revisitar más detenidamente. La tarde última de su estancia quiso reservarla para aquella tentación que la atraía con su silueta de sagrada montaña del Antiguo Testamento. Pero calculó mal el tiempo y la distancia y, cuando alcanzó su cumbre, oscurecía. Una noche sin luna (aunque en su recuerdo, falsamente, solía aparecer: envuelta en un halo anaranjado, y, luego partida en dos por una larga nube). Se había detenido varias veces en su ascensión a contemplar un paisaje que era ¿espíritu?, ¿reflejo?, no: luz del eclipse de aquel pueblo. Algo fosforescente en su oscuridad, y soberbio y tremendamente poderoso. La respiración de todas las civilizaciones allí enterradas subía de la tierra y, al romper, al contacto con el aire, se condensaba, solidificaba, y era ya respiración y expiración de escoria. Pulmones envueltos en celofán rojo, pensamientos perdidos en la memoria remota de los hombres que giraban como ardientes cometas en torno al monte. Desde él, la redondez del mundo era evidente. Y mostraba, en un corte de alfanje, su división: de un lado, los suelos yertos, áridos, escalofriantes en su devastación. Bellos como una llaga. Misteriosos como un estigma. Podía —siguiendo las instrucciones de Blanca— localizar el espacio donde se alzaron las teleras, aún se distinguían los restos de sus pirámides cenicientas, remotos zigurats deshaciéndose, soberbias babeles desmoronándose. Y más allá, una catarata de tierra igual a un vómito de sangre y un cerro negro decapitado como un revolucionario. Bordeaba esa zona, la lamía, amante obsceno y letal, el río agrio. Luego, vastas planicies venenosamente amarillas y una espectacular muralla que recorría, de cumbre a pie, ese monte fingiéndose la espina dorsal petrificada de un imperio: vía de un imposible, escala comunicante entre cielo e infierno. El mismo cielo en el que habían combatido ángeles fieles y ángeles insurrectos, los luminosos y los oscuros. Este infierno mismo al que se precipitaron los vencidos, ángeles de sombra, sombras de ángeles, éste que abrió sus puertas para acogerlos en sus entrañas: el reino subterráneo de los rebeldes caídos. Del otro lado, el mundo renovándose: huertas, bosques —los árboles con nombre propio plantados por la mano de Blanca, una de aquellas casitas que aparecían diseminadas sería la suya, ¿cuál?—, una extensión muy verde que contrastaba, como una fresca esmeralda, con la esterilidad —paradójicamente feraz— y el espejo trizado de la belleza impura. Al fondo, las aguas del Zumajo. Katherine White se demoró en aquel asombro que potenciaba una herida de luz crepuscular que parecía manar de una violenta desgarradura sangrante, como un navajazo sexual. Y al decir: «He llegado», las águilas desplegaron sus alas y, apartada del mundo, cayó la noche. Se creyó sola. Hasta que un pequeño punto incandescente, hebras de tabaco quemándose, le advirtieron de otra presencia. Un lunar rojo que se encendía y apagaba al ritmo de su propia respiración. No se asustó. También se llevó un cigarrillo a los labios y prendió su mechero. La breve llama azul iluminó un instante los contornos. Vio fugazmente un movimiento y escuchó pasos aproximándose. Muchas veces desde aquella noche había tratado de explicarse cómo pasó. Aún hoy seguía sin saberlo. Tampoco le importaba. Ocurrió como suceden esas cosas. Sin preguntas. En su recuerdo, del azulado resplandor del mechero y las pisadas acercándose, pasaba a sentir contra su espalda la tibieza del sol aún retenido por aquella piedra plana, un ara natural que se elevaba en la cima, y enseguida un cuerpo sobre el suyo. Fuerte. Intenso. Manos modelando zonas suaves, bruscas. Nidias, altas. Duras. Dedos recorriendo los caminos rizosos del vello, siguiendo morosamente con la yema el curso de una vena abultada, acariciando cada nervio hasta erizarlo como un tensor tirante. Peciolo. *Is it indeed so?* Como un rayo terso y mojado. *Can I pour thy wine while my hands tremble?* Labios, lóbulos, ombligos. La boca que alcanzaba a donde nunca. *Thou comest!* Saliva. Émbolo. Orificios. *Ah, keep near and close!* Contra, sobre, bajo, entre. *Thou comest!* La sístole y diástole de otro músculo impulsando la sangre y dilatándose en su cavidad torácica. *Thou comest! All is said without a word.* De, desde, hasta. Una poderosa sombra alzándola, llevando a Katherine White a donde jamás.

«Guess now who holds thee?» - «Death!» I said. But, there, the silver answer rang... «Not Death, but Love.»

Se separaron igual que se habían unido. Sin palabras. Sólo cuando escuchó un silbido y a la densa figura amasada de oscuridad, llamar

—¡Tinta!

y el relincho de la yegua, comprendió con quién había estado.

—¿Madre...?

La puerta del salón se entreabrió y asomó la cabeza de revuelto pelo negro de John.

—No sabía si estabas levantada. Me pareció ver algo de luz... ¡qué oscuro está esto!

—Por favor, no la enciendas, así está bien. —Katherine consultó su reloj, antes de que dijese nada, su hijo se le adelantó.

—Fuimos al cine, *Al este del Edén*, me ha encantado. ¡Ese Dean es fantástico! Y luego al piso de Robert, vine andando desde allí ¡brrr... hace un frío que pela! A mitad de camino comenzó a nevar —John se sacudió el abrigo—. ¿Qué haces?

—Intentaba poner al día papeles de la tienda y escribir algunas felicitaciones de Navidad que ya tendría que haber enviado.

—Bueno, no te acuestes muy tarde.

—¿No soy yo la que debería decir eso?

John sonrió y le dejó un beso en la mejilla.

—Buenas noches.

Se fumaría el último cigarrillo antes de irse a la cama. No le gustaba el humo y su olor en el dormitorio. Al abrir la tabaquera —una curiosa pieza de finales del siglo XIX con incrustaciones de nácar— echó una ojeada a la inconclusa carta:

...imagino que estoy de nuevo...

...Termina el año en el que, precisamente, las minas de Riotinto retornan a dominio español...

...Me decía que se encontraba muy fatigada, con tos, y dolores en los huesos que no la abandonaban tras una dura gripe que...

...¡Hace demasiado tiempo que nada sé de usted! ¿Cómo está?

Si hubiese recogido el correo, Katherine conocería la respuesta. Pero ignoraba que, días atrás, un paquetito con su nombre y dirección había sido franqueado en la estafeta de correos de Riotinto y, aquella misma mañana, depositado en su buzón. Contenía otra cajita cuidadosamente envuelta y, dentro de un sobre, una nota. En ésta, el abajo firmante, Juan Wilkins, le comunicaba la muerte de Blanca Bosco Alange, acaecida el 13 del presente, a consecuencia de un paro cardíaco. Y en su nombre, pues así se lo había pedido expresamente en su momento («Cuando yo muera, te ruego que hagas llegar esto —y asió amorosamente la cadenita con la misteriosa gema que llevaba siempre al cuello— a Katherine, Katherine White, en esta dirección de Londres. Quiero que sea para ella»), le enviaba de inmediato el encargo.

Tras el filtro amarillento del cigarro, no quedaba más que un poco de ceniza desafiando la gravedad. Antes de retirarse fue a correr las cortinas, seguía aquel manso descenso de los copos. Caían casi —habría dicho su hijo— a cámara lenta. Puros, moteando la noche como un dálmata. Iba ya a apagar la luz del escritorio cuando de nuevo se abrió la puerta.

—Se me había olvidado —John traía algo en las manos—,

lo cogí al entrar, pero lo metí en un bolsillo del abrigo y...

Dejó un paquetito sobre una mesa auxiliar.

—Los sellos —anunció ya saliendo— son de España. ¿Sabes?, tengo ganas de conocer ese sitio del que nos hablaste, donde estuvo el bisabuelo, eso de que allí parece estar el hueco del corazón arrancado a la tierra... Sé de alguien que no rechazaría esta primavera la espontánea y generosa colaboración económica de su guapísima madre.

Katherine arrugó una cuartilla y la bola de papel fue a estrellarse contra la hoja de madera ya —en el mismo instante de golpearla— cerrada. Escuchó su risa desde el otro lado:

—¡Recuérdalo, espontánea y, sobre todo, generosa!

Se acercó al paquete como quien va a cazar una mariposa. La letra no era la de Blanca. Una caligrafía desconocida. Lo volvió y con curiosidad miró el reverso. Pero, presumiblemente, los guantes mojados de John habían corrido la tinta. Emborronado el remite, sólo se distinguía lo que supuso el número de una calle, 18; giró otra vez el envío, escudriñó el matasello: indescifrable.

En el silencio de la noche, las pisadas de John sonaban en el piso de arriba y suave, amortiguada, le llegaba una música. Creyó escuchar entonces lo que nunca había oído, aquella venganza de la melancolía contra sí misma, la Esquila. Y en ese momento se prometió que el año próximo, a principios de octubre, regresaría a Riotinto.

—Yo tenía una amiga, una amiga invisible...

Colocó el paquete junto a su carta, buscó en un cajón del escritorio la tijera pequeña, no la encontró, encendió otro cigarrillo —ahora sí, el último— y, nerviosa, rasgando con las manos el resistente papel ocre, la nieta de John Francis White comenzó a abrirlo.

ESTE LIBRO HA SIDO IMPRESO
EN LOS TALLERES DE
A&M GRÀFIC, S. L.
SANTA PERPÈTUA DE MOGODA (BARCELONA)

Corta Atalaya, fotografía cedida por el
Archivo Histórico de la Fundación Río Tinto